Jean-Michel Payet

Nächster Halt: Zukunft

Jean-Michel Payet

Nächster Halt: Zukunft

Aus dem Französischen
von Ingrid Ickler

Baumhaus

MIX
Papier aus verantwortungsvollen Quellen
FSC® C014496

Dieser Titel ist auch als E-Book erschienen.

Titel der französischen Originalausgabe:
»2065, La ville engloutie«

Umschlaggestaltung: Nele Schütz Design, München
Umschlagmotiv: © Nele Schütz Design, München
Satz: Greiner & Reichel, Köln
Gesetzt aus der Minion Pro
Druck und Einband: GGP Media GmbH, Pößneck

Printed in Germany
ISBN 978-3-8339-0361-8

5 4 3 2 1

Sie finden uns im Internet unter: www.baumhaus-verlag.de
Bitte beachten Sie auch: www.luebbe.de

Für Claudine und Didier

Versager

»Versager!«, hatte Melanie zu mir gesagt.

Einfach so. Keine Ahnung, warum. Wir standen vor der Schule und warteten darauf, dass die Tür aufgeschlossen wurde. Sie hing mit ihrer Clique herum, und ich gönnte mir ein Bounty. Ganz entspannt. Ich wollte gerade hineinbeißen, da drehte sie sich zu mir um. Versager. Ich war baff.

»Was'n los?«, fragte ich.

»Du bist ein Versager, das ist los.«

»Du bisch escht krank. Hab isch immer gewuscht!«

Superlecker, so ein Bounty, doch beim Sprechen störte es schon.

»Aber das Schlimmste ist«, regte sie sich jetzt so richtig auf, »du merkst es nicht mal!«

Und dann starrte sie auf den Boden. Da war doch gar nichts. Jedenfalls fast. Nur festgetretene Kaugummis und ein Riss im Asphalt. Und die Bountyverpackung.

»Meinschte etwa die?« Ich schluckte.

»Exakt. Du verschmutzt die Umwelt! Du verschmutzt unseren Planeten!«

»Komm wieder runter! Von einem Papierschnipselchen

geht die Welt nicht unter, nicht mal von 'ner Plastikverpackung.«

»Wenn alle so denken würden, wäre die Welt ein Müllhaufen. Einmal Versager, immer Versager.«

Danach rümpfte sie abfällig die Nase, schnippte betont auffällig kaum erkennbare Kokoskrümel von ihrem Pulli und ließ mich stehen. Ich schluckte erneut, dann wischte ich mir mit dem Handrücken über den Mund und bückte mich, um das Corpus Delicti aufzuheben, das die Harmonie und Schönheit unseres Schulhofs beleidigte.

»Bitte schön«, sagte ich spöttisch und ließ die Verpackung in meiner Tasche verschwinden, »jetzt kann sich die Erde weiterdrehen!«

Doch als ich wieder aufsah, war Melanie verschwunden.

Als ich die Schule betrat, war ich doch etwas genervt. So ein Drama wegen einer lächerlichen Plastikfolie. Die Umwelt und die Natur spielten in meinem Leben eine etwa genauso große Rolle wie die Tatsache, dass in China ein Sack Reis umfällt. Will heißen: gar keine. Und wenn diese Bemerkung von irgendeiner anderen gekommen wäre, von Nolwenn oder Jennifer zum Beispiel, dann hätte ich darüber bloß müde gelacht. Aber bei Melanie mit ihren großen grünen Augen, die unter ihrem braunen Pony hervorblitzten, störte mich das schon. Das »einmal Versager, immer Versager« ging mir nicht aus dem Kopf.

Ich hätte es einfach vergessen können. Aber an diesem Nachmittag bekamen wir die Mathearbeit zurück, wobei unser Mathelehrer M. Bouton zu mir sagte: »Ist dir deine Zukunft eigentlich vollkommen egal, mein Lieber? Den Lamborghini kannst du mit solchen Noten nämlich vergessen. Für ein Mofa reicht's vielleicht gerade noch …«

Voller Stolz auf sein billiges Witzchen teilte er weiter Arbeiten aus. Ich hielt mich zurück. Dass er seinen Lamborghini besser in der Garage lassen sollte, verkniff ich mir lieber. Wenn man einigermaßen intelligent war, legte man sich nicht mit Bouton an. Außerdem interessiere ich mich nicht für Autos. Und trotzdem beschäftigte mich seine spöttische Bemerkung. Schlimmer wurde es noch, als ich die Arbeit abends meinen Eltern zeigte. »Hör zu, Emil«, begann mein Vater gefährlich ruhig, »ich habe nichts dagegen, dass du dich mit deinen Freunden amüsierst, aber meine Aufgabe ist es, dafür zu sorgen, dass du eine gute Zukunft hast. Auf keinen Fall sollst du wie ich auf einem Kutter enden und Fische fangen, die du dann wegen irgendwelcher Quoten wieder ins Meer schmeißen musst …«

»Jean-Pierre!«, unterbrach ihn meine Mutter.

»Ja und? Habe ich etwa unrecht? Merlan, Hering und Scholle – die werfen wir zu drei Vierteln wieder zurück … ganz zu schweigen von den Sardellen!«

»Darum geht's doch gar nicht …«

»Ach nein? Und wie soll das weitergehen? Ich möchte dich daran erinnern, dass …«

Ich überließ sie ihrer Debatte über die Zukunft der Fischerei in Saint-Port-sur-Mer und schlich mich in mein Zimmer. Das Thema kam immer wieder zur Sprache. Was, wenn sie alle recht hatten, wenn wirklich nichts Gescheites aus mir werden würde? Wenn ich tatsächlich ein Versager war?

Ich betrachtete mich im Spiegel. Was würde aus diesem

fünfzehnjährigen Typen mit dem Pickel auf der Nase werden, sagen wir in dreißig Jahren, im Jahr 2040 oder so? Ich versuchte mir vorzustellen, wie ich mit einem Bart aussehen würde, einem Schnurrbart oder einem Vollbart. Mit Falten im Gesicht. Vielleicht mit Glatze. Igitt. Oder gar im Anzug? Als gefeierter Star im hippen T-Shirt? Als Obdachloser? Keine Ahnung. Aber der Pickel wäre wenigstens verschwunden.

Ich wollte mich gerade in »Fighting Demons VII« stürzen, aber dazu hätte ich den Computer hochfahren müssen. Momentan ungünstig, wenn man die Stimmung meiner Eltern bedachte. Deshalb beschloss ich, meine Schwester zu besuchen.

Clementine ist ernst. Nett, aber ernst. Meistens fühlt sie sich verpflichtet, mir Ratschläge zu geben, die aber oft wie Befehle klingen. Vielleicht weil sie glaubt, die Ältere von uns zu sein und mir ihre Überlegenheit zeigen zu müssen. Dann erinnere ich sie daran, dass ich es bin, der schon länger auf der Welt ist als sie, aber das lässt sie völlig kalt. Sie behauptet steif und fest, dass bei Zwillingen der Zweitgeborene der Reifere sei. Eine Behauptung, die mir ziemlich suspekt vorkommt, die sie aber immer wieder schamlos ausnutzt.

»Wie wär's mit einer Partie Kniffel, Cle?«

»Hmm.«

»Komm schon, dauert doch nicht lange.«

»Emil, ich bin beschäftigt.«

»Lernst du, oder was?«

Meine Schwester seufzte geräuschvoll, als würde sie die ganze Luft auf einmal aus ihren Lungenflügeln pressen. Dann klappte sie ihr blau eingebundenes Schulheft zu und drehte sich zu mir um. Meine Zwillingsschwester sieht mir ganz und gar nicht ähnlich. Sie ist blond, ich bin braunhaarig, ihre Augen sind blau, meine kastanienbraun, sie hat niedliche Sommersprossen, ich bin immer blass … Wenn sie nicht gerade für die Schule lernt, dann kümmert sie sich um die Zukunft der Eisbären, kämpft gegen Gentechnik, informiert sich über die Klimaerwärmung und warnt uns vor dem Verschwinden fossiler Energien und dem Schmelzen der Gletscher. Ich dagegen hocke vorm Computer und zocke.

»Ärger mit den Eltern?«, fragte sie.

»Ziemlich.«

»Wie ging's aus?«

»Großes Drama im Wohnzimmer. Ich habe mich in den sicheren Hafen zurückgezogen.«

Sie lächelte kurz, fiel dann aber sofort wieder in die Rolle der lebenserfahrenen großen Schwester zurück.

»Kein Wunder, Brüderchen, du hängst ja auch nur rum.«

»Nenn mich nicht Brüderchen.«

»Mathe ist doch echt nicht so schlimm …«

»Rosenkohl auch nicht. Aber ich finde ihn trotzdem ätzend. Genau wie Mathe.«

»Hör zu. Jeden Tag werden auf der Erde dreihundertdreiundfünfzigtausend Menschen geboren. Wenn man davon die einhundertneunundfünfzigtausend abzieht, die täglich sterben, dann werden es in vierundzwanzig Stunden fast zweihunderttausend mehr. Tag für Tag!«

»Ja und?«

»Jedes Jahr werden wir dreiundsiebzig Millionen Menschen mehr, siebenhundertdreißig Millionen in zehn Jahren!«

»Macht dir das etwa Angst?«

»Nein, aber was ich damit sagen will, ist Folgendes: Falls uns die Atomenergie oder die wachsende Versteppung der Erdoberfläche bis dahin noch nicht ausgerottet haben, wird es dann, wenn du einen Job suchst, siebeneinhalb Milliarden Menschen geben, die was zu essen brauchen. Und diejenigen, die bis dahin nur rumgehangen haben, werden bestimmt nicht die Ersten sein, die was abbekommen.«

Blöd ist sie nicht, meine Schwester. Sie wird bestimmt mal Ministerin oder Nobelpreisträgerin, und wenn sie dann irgendwann mal diesen Planeten regiert, werden die siebeneinhalb Milliarden Menschen spuren. Was mich betrifft ...

Mich? Ja, was? Was wussten die eigentlich über mich? Am liebsten würde ich es ihnen allen beweisen, den Lehrern, meinen Eltern, meinen Freunden. Aus Emil würde kein zurückgebliebener Neandertaler, kein Vollpfosten, kein Versager werden. Keine Null. Wenn ich ihnen beweisen würde, was ich draufhabe, dann hätte ich meine Ruhe. Aber mein Hirn hatte sich zu einem hinterhältigen Knoten verwickelt. Und wenn ich doch ein Versager werden würde?

Am besten wäre es, mal nachzusehen.

Die Idee war nicht neu. Auch früher schon hatte ich einen Blick in die Zukunft werfen wollen. Dieser Gedanke hatte sich in mir festgesetzt und mich nicht mehr losgelassen. Nachsehen. Total abgefahren. Eigentlich aber doch nicht. Denn es gab ja Wladimir.

Wladimir

Wir durften ihn nie »Opa« oder »Großvater« nennen. Und als ich es einmal mit »Opi« versuchte, sauste eine Ohrfeige zwei Fingerbreit an meinem linken Ohr vorbei. Er hatte genau gezielt, um mich nicht zu treffen. Wladimir will von allen Wladimir genannt werden, Punkt. Das verstehe ich, der Name passt zu ihm. Vor allem zu dem slawischen rollenden Akzent seiner Stimme und dem hellwachen Blick, der ein bisschen verloren wirkt, seit Martha (die wir »Oma« nennen durften) gestorben ist.

Am Samstagmorgen bin ich also in den Bus gestiegen, mit dem Segen meiner Mutter, die froh war, dass jemand ihrem Vater Gesellschaft leistete. In meiner Tasche hatte ich einen Schlafanzug, meine Zahnbürste und eine Flasche Rotwein für Wladimir, dessen Gaumen mit dem Alter immer anspruchsvoller wurde. Zwei Stunden und neunzig Kilometer später stieg ich vor der Kirche von Dréanzé aus, einem Ort mit viertausendachthundert Einwohnern, einem Campingplatz, zwei Bäckereien und einem Kino, das nur am Wochenende Filme zeigte. Und auch nicht an jedem. Ein ruhiger Ort.

Wladimir war gerade dabei, seine Haustür anzustreichen.

Knallrot. Das war schon von Weitem zu sehen, und ich vermutete, dass er diese Teufelsfarbe gewählt hatte, um die scheinheiligen alten Jungfern zu provozieren, die es ihm immer noch übel nahmen, dass er dieses alte, seit vierzig Jahren unbewohnte Pfarrhaus gekauft hatte. Die Leute in Dréanzé sind nachtragend. Mir fiel auch der kleine Feigenbaum auf, den ihm meine Eltern vor zwei Monaten zum Geburtstag geschenkt hatten. Er war nicht gerade begeistert gewesen: rausgeschmissenes Geld, zu nichts nütze. Aber dann hatte er ihm einen Ehrenplatz gegeben, und das Bäumchen streckte stolz seine Äste in alle Richtungen.

»Reich mir doch mal das Terpentin!«

»Ich freue mich auch, dich zu sehen, Wladimir.«

»Wirst du von der Polizei gesucht?«

»Äh … Nein.«

»Und warum flüchtest du dann zu einem alten Mann wie mir?«

»Um dir auf die Nerven zu gehen.«

»Wusste ich's doch.«

Überschwängliche Gefühle gab es bei Wladimir keine. Ich griff nach einem Pinsel, um ihm zu helfen. Wie auf Knopfdruck fing er an zu meckern: Ich kleckste, nahm zu viel Farbe oder zu wenig. Alles wie immer.

»Übernachtest du hier?«, fragte er, während wir die Pinsel reinigten.

»Wenn es dir recht ist.«

»Gibt nichts Besonderes zu essen. Nur Huhn. Und Kartoffeln. Magst du Bratkartoffeln?«

»Igitt.«

»Egal. Musst du trotzdem essen.«

Bratkartoffeln liebte ich über alles, und Wladimir wusste das ganz genau.

»Ich hab dir was mitgebracht«, verkündete ich und packte den Wein aus.

»Trinkst du etwa Alkohol?«

»Nein, der ist für dich.«

»Alles klar. Du willst mich besoffen machen, um mich auszuhorchen, wo ich mein Geld versteckt habe.«

»Genau.«

Das Huhn war ein Gedicht, die Kartoffeln waren knusprig und mit einem Hauch von Knoblauch, wie es nur wenige hinkriegen. Wladimir hatte mir erlaubt, Cola zu trinken, obwohl das in seinen Augen ein kulinarisches Verbrechen war. Er widmete sich dem Wein. Jedem das seine. Erst als er den Schoko-Nuss-Kuchen auf den Tisch stellte, ließ er ein knappes »Also?« fallen.

»Was?«

»Warum bist du hier?«

»Weißt du doch, ich will dir dein Erspartes klauen.«

»Jetzt mal im Ernst.«

»Ich möchte, dass du mir von deinen Entdeckungen erzählst.«

»Entdeckungen? Da gibt's nichts zu erzählen.«

Dabei biss er herzhaft in sein Stück Kuchen, sichtbarer Beweis, dass das Gespräch für ihn an diesem Punkt beendet war.

Etwa zehn Jahre zuvor hatte Wladimir von einem Ausflug Steine mitgebracht, auf denen Zeichen eingeritzt waren, die Historiker in die mittlere Steinzeit datierten. Die Wissenschaftler waren überrascht, dass die fast zehntausend Jahre alten Steine in bestem Zustand waren. Mein Großvater musste ihnen die Fundstelle zeigen, eine Höhle in den Hügeln ganz in der Nähe. Alle Winkel der Höhle wurden fotografiert, untersucht und erforscht, ohne dass man auch nur einen einzigen weiteren Stein oder irgendwelche Spuren früheren Lebens darin gefunden hätte. Trotzdem wurde Wladimir in der örtlichen Presse als Held gefeiert, als Forscher, der der Wissenschaft einen unschätzbaren Dienst erwiesen hatte. Er wurde sogar zum Ehrenbürger von Dréanzé ernannt. Bis dann eines Tages ein berühmter Archäologe den Fund mit der Radiokarbonmethode untersuchte. Und über die Stadt ergoss sich Hohn und Spott: Die Steine waren gar nicht alt, jedenfalls nicht so alt, wie man geglaubt hatte. Der Wissenschaftler, der sie in die Steinzeit datiert hatte, war verschwunden, und Wladimir galt fortan bei seinen Mitbürgern als ahnungsloser Trottel. Er reagierte auf seine Weise, wie immer, wenn es ein Problem gab: Rollläden runter! Und kein weiteres Wort.

Wladimir war Tischler. Als er mit Martha nach Dréanzé zog, arbeitete er als »Mann für alle Fälle«, half hier einem Heimwerker, pflegte dort einen Garten. Aber seine heimliche Leidenschaft blieb die Geschichte. Kein Tag verging, ohne dass er sich in eines der Bücher vertiefte, die ganze Regalreihen seines Hauses füllten. Kein Monat, ohne dass er auf die Jagd nach Fundstücken und alten Dokumenten ging, er forschte zum Beispiel nach Resten von Uniformen und Zeitungen aus vergangenen Jahrhunderten.

Vor ein paar Monaten war mir zufällig ein Exemplar der

Mercure Galant in die Hände gefallen, eine Sonderausgabe der Zeitschrift vom Mai des Jahres 1691, die dem damaligen Thronfolger des Königs von Frankreich gewidmet war. Das Dokument war in bestem Zustand, es machte den Eindruck, als sei es gerade erst gedruckt worden. Ich hätte es wahrscheinlich nicht weiter beachtet, wenn Wladimir es mir nicht aus der Hand genommen und hastig zurückgelegt hätte. Und da habe ich angefangen, mir so meine Gedanken über seine »Altertümer« zu machen … Auf den zweiten Blick glänzte dieser Säbel aus napoleonischer Zeit an der Wohnzimmerwand etwas zu sehr, die gallischen Sesterzen in der Kupferschale sahen aus wie frisch geprägt, und die mittelalterliche Münzwaage aus Kupfer auf der Kommode hatte das Auf und Ab der Jahrhunderte bestimmt nicht miterlebt. Kurz gesagt: Dieser ganze alte Plunder war nagelneu.

Als mir das klar wurde, begannen sich in meinem Kopf die Rädchen zu drehen. Seit der peinlichen Geschichte mit den Steinen verkehrte Wladimir nicht mehr mit den örtlichen Historikern. Er ging nur aus dem Haus, um dringend notwendige Besorgungen zu machen. Und auch das so selten wie möglich. Aber die Begeisterung für die Vergangenheit hatte ihn nicht losgelassen. Und noch etwas anderes war merkwürdig: Obwohl er früher seiner Frau nicht von der Seite gewichen war, schien er Marthas Tod besser zu verkraften als erwartet. Das ließ mein Hirn auf Hochtouren arbeiten: Was hatte Wladimir zu verbergen? Bei jedem meiner Besuche stellte ich meine Antennen auf Empfang, und meine Augen waren darauf fixiert, jedes noch so unscheinbare Detail, jedes noch so kleine Indiz wahrzunehmen und zu analysieren.

Durch eine Entdeckung letzten Sommer wurde mein Verdacht bestätigt: Wladimir hatte mich gebeten, die Gartenbank zu streichen, Omas Lieblingsplatz an warmen Sommertagen. Er hätte im Keller zu tun, das behauptete er zumindest. Ich hatte allerdings das Gefühl, dass er mich bloß eine gute Stunde mit Farbe und Pinsel beschäftigt haben wollte. Dummerweise hatte er jedoch vergessen, mir Terpentin hinzustellen. Also ging ich in den Keller, um ihn danach zu fragen, aber dort war niemand. Ich stieg die Treppe hoch, durchsuchte das ganze Haus, dann den Garten und warf sogar einen Blick auf die Straße. Danach ging ich wieder in den Keller. Aber nichts, absolut nichts. Keine Spur von Wladimir. Ich wollte gerade aufgeben, als ich Schritte hinter mir hörte. Ich drehte mich um und sah gerade noch, wie Wladimir aus dem hinteren Teil des Kellers kam und zu seiner Werkbank ging.

»Bist du schon fertig?«, fragte er.

Dabei wandte er mir demonstrativ den Rücken zu.

»Äh, ich … Du hast vergessen, mir das Terpentin zu geben«, stotterte ich.

»Steht in der Garage.«

»Alles klar.«

Als ich dann kommentarlos die Treppe hinaufging, wurde mir klar, dass hier etwas nicht stimmen konnte. Der Keller war nicht sehr groß, ich hätte meinen Großvater unmöglich verpassen können, als ich nach ihm suchte. Einzige Erklärung: Er musste woanders gewesen sein. Und es gab noch etwas, das mich verwirrte: Er duftete nach Vergissmeinnicht. Ich hatte das zunächst ignoriert, denn ich wusste, dass das nicht der passende Augenblick gewesen war, um Fragen zu stellen.

Erst als wir fast mit dem Abendessen fertig waren, wagte ich es:

»Zeigst du mir die Steine, die du damals gefunden hast?«

»Wertloser Plunder.«

»Nur mal anschauen, bitte.«

»Weiß nicht mehr, wo sie sind.«

Einen sechzigjährigen Sturkopf überredet man nicht in zwei Minuten. Wladimir war hartnäckig und eigensinnig, und ich war taktisch nicht gerade geschickt vorgegangen. Also nahm ich noch ein Stückchen Camembert und griff über die linke Flanke an:

»Seit wann benutzt du eigentlich Parfüm, Wladimir?«

»Was?«

»Du stehst auf Duft?«

»Was soll der Unsinn, lass das.«

»Warum riechst du dann nach Vergissmeinnicht?«

Er sprang auf, räumte die Teller zusammen, wandte seinen Blick ab und murmelte etwas in einer mir fremden Sprache, wahrscheinlich Russisch. Ich war ihm mit den Flaschen in die Küche gefolgt.

»Ich sag niemandem was, Wladimir.«

»Da gibt es nichts zu sagen!«

»Es ist im Keller, stimmt's?«

Er räumte die Spülmaschine ein und antwortete nicht. Wladimir war keiner, den man so leicht überrumpeln konnte. Aber ich war nun fest davon überzeugt, dass meine Vermutung stimmte. Diese verrückte Idee, die mich einen Augenblick lang an meinem Verstand hatte zweifeln lassen: Mein Großvater konnte durch die Zeit reisen!

Wenn ich das meinen Kumpels erzählt hätte, wäre ich für einen Vollidioten gehalten worden, aber so verrückt das Ganze auch schien, für mich war die Situation ganz klar: Wladimir reiste in die Vergangenheit, um Erinnerungen an vergangene Zeiten wachzuhalten. Und wenn ihm seine verstorbene Frau zu sehr fehlte, dann reiste er ein paar Jahre zurück, um einige schöne Stunden mit meiner nach Vergissmeinnicht duftenden Oma zu verbringen. Niemals hatte sie das Haus ohne einen Spritzer Vergissmeinnicht, ihrem Lieblingsduft, verlassen. Aber in diesem Moment hatte ich nicht weiter nachgebohrt, und da ich weder Lust auf rosa Pillen hatte, noch darauf, mit anderen Spinnern in einer Gummizelle zu sitzen, habe ich auch niemandem etwas davon erzählt.

Heute nun lagen die Dinge anders, und ich war wild entschlossen, das Thema wieder aufzugreifen. Wie beim ersten Mal wartete ich das Ende des Abendessens ab, um etwas aus Wladimir herauszukitzeln.

»Wie geht es Oma?«, riskierte ich einen ersten Versuch.

Das Geschirr war in die Spülmaschine geräumt, Waldimir hatte es sich mit einem kleinen Glas Wodka in seinem ollen Sessel bequem gemacht und mir den neuen Liegestuhl überlassen. Ein Geschenk meiner Eltern, das er mit keiner Pobacke würdigte. An der Wand prangte der Jahreskalender 2010, mit einem sabbernden Bernhardiner darauf, das Einzige, das er seit Omas Tod jährlich wechselte. Alles andere gehörte zum eisernen Inventar.

»Warum fragst du?«, begann er schließlich.

Ich hatte Angst vor einem Sturm der Windstärke acht bis neun gehabt, aber nein, es war kein Unwetter in Sicht. Im Gegenteil, der Klang seiner Stimme verriet mir, dass ich auf der richtigen Spur war.

»Weil das nämlich – wenn es stimmt, was ich vermute – eine Riesensache ist!«

»Vergiss es, Junge. Gefährlich. Und zwar sehr.«

»Keine Sorge, ich sag niemandem was. Keiner Menschenseele.«

»Das ist verrückt. Da denkst du, du wärst in Sicherheit, und plötzlich stürzt der Himmel über dir zusammen.«

Damit meinte er natürlich die Geschichte mit den Steinen.

»Das bringt nichts Gutes«, fuhr er fort.

»Kannst du dich wirklich mit Oma treffen?«

Noch einen Schluck Wodka, zwei Minuten Schweigen, dann seufzte er. »Hat mir zu sehr gefehlt.«

Und wieder Schweigen. Langes Schweigen. Aber Wladimir hatte immerhin zugegeben, indirekt zumindest, dass er eine Möglichkeit gefunden hatte, in die Vergangenheit zu reisen, um seine verstorbene Frau zu treffen. Mir wurde ziemlich mulmig zumute. Trotzdem ließ ich nicht locker, denn ich wollte doch unbedingt wissen, was mal aus mir werden würde. Ob ich ein Versager sein würde.

»Die Steine kamen auch von *dort*, stimmt's? Nicht aus der Höhle.«

»Blöd von mir, sie zu zeigen. Die Menschen sind noch nicht so weit, so was zu verstehen. Und wenn, dann wollen sie die Dinge verändern und zerstören sie. Selbst wenn sie es gut meinen, tun sie Böses, mein Junge.«

»Und der Säbel?«

»Ja, der ist auch von dort. Und die anderen Sachen auch.

Alles. Erst kam ich mir vor wie ein kleines Kind im Spielzeugladen. Ich war so stolz. Ich konnte Geschichte hautnah erleben, ja sogar anfassen und die Sachen mit nach Hause nehmen, um damit anzugeben. Und dann, eines Tages …«

»Eines Tages?«

Wladimir ließ den Wodka im Glas kreisen, länger, als er es sonst tat, ehe er weitersprach.

»Hab ich Mist gebaut.«

Jetzt wurde es spannend. Ich verkniff mir meine Fragen, in der Hoffnung, dass er mir die ganze Geschichte von sich aus erzählen würde. Offensichtlich vertraute er mir, da war es besser, ihn nicht zu drängen. Ich hielt also die Klappe und wartete.

»Erinnerst du dich an Serge?«

»Serge?«

»Ein Freund. Der dich damals zum Pilzesammeln mitgenommen hatte, vor drei oder vier Jahren.«

»Äh, Wladimir … Pilze? Daran erinnere ich mich echt nicht mehr …«

»Kein Wunder. Alles verdrängt und ausgelöscht. Siehst du diesen Säbel?«

»Der aus der Zeit von Napoleon?«

»Ja. Ich habe ihn … mitgenommen. Er gehörte einem Soldaten, und ich habe ihn gestohlen. Ich war richtig stolz auf mich. Keinerlei Skrupel, nein, im Gegenteil, ich sagte mir, dass ich so verhindern würde, dass jemand damit getötet wird. Richtig stolz, ja. Und doch dumm. Man darf nicht in die Vergangenheit eingreifen. Niemals. Als ich zurückkam, war nichts verändert. Zum Glück. Alles wie früher. Alles, außer

Serge. Den gab es nicht mehr. Hatte nie existiert. Niemand wusste was von ihm, von seinen Eltern, nichts.«

»Wie das denn?«

»Alles, was Serge betraf, war wie ausgelöscht. Vielleicht konnte der Soldat, dem der Säbel gehörte, sich nicht gegen einen feindlichen Angreifer verteidigen, vielleicht war er sogar Serges Ururururgroßvater. Oder so was. Keine Ahnung. Aber klar ist, dass ich seine Vergangenheit verändert habe. Und mein Freund existiert nicht mehr. Man kann nicht mal über ihn sprechen: Niemand hat ihn gekannt. Es hat ihn nie gegeben.«

»Hast du nicht versucht ...«

»Den Säbel zurückzubringen? Zu gefährlich. Hätte vielleicht noch mal Mist gebaut. Mit noch schlimmeren Folgen: Martha, deine Mutter, du ...«

»Trotzdem reist du aber immer wieder dorthin?«

»Na ja, manchmal. Um deine Großmutter zu treffen.«

Er schaute verträumt vor sich hin. Mein griesgrämiger Großvater sah auf einmal aus wie ein verliebter Teenager.

»Zeigst du's mir?«

»Hast du nicht kapiert? Zu gefährlich. Der blanke Horror! Du sollst nicht auch noch das Versuchskaninchen spielen wie ich!«

Da war es wieder, das aufbrausende Temperament, eines seiner Markenzeichen. In seinem »Horrrrrrorrrrr« rollten ein Dutzend Rs und warnten mich vor der Gefahr. Er setzte seine Moralpredigt fort:

»Wenn du erst einmal Mist gebaut hast, dann kannst du es nicht mehr rückgängig machen. Kapiert? Du musst zu deinem Fehler stehen!«

»Was interessiert mich die Vergangenheit? Ich will wissen, was in der Zukunft passiert.«

Wladimir riss seine hellen Augen auf.

»Die Zukunft? Wozu das denn? Um im Lotto zu gewinnen? Um zu wissen, wann ich abkratze und du meine Hütte erbst?«

»Hör auf, Wladi. Ich will nur wissen, ob ich später mal ein anständiger Kerl sein werde.«

»Aber du bist doch ein anständiger Kerl!«

»Na ja, da bin ich mir eben nicht so sicher …«

Manchmal treffe ich den richtigen Ton, und zwar meistens dann, wenn ich wirklich ehrlich bin. Das ist zwar nicht so mein Ding, aber Wladimir gegenüber war es unmöglich, sich hinter einer Maske zu verstecken. Er hat sofort verstanden, dass diese Geschichte mir keine Ruhe ließ. Natürlich hat er versucht, mich von meinem Plan abzubringen: Du lebst im Hier und Jetzt, es ist nicht gut zu wissen, was in der Zukunft passiert und bla, bla, bla … Kurz gesagt, er hat mir eine ganze Latte guter Ratschläge mitgegeben, wie man sie aus Erziehungsratgebern kennt. Wo jungen Leuten erklärt wird, wie man mit Tatkraft, Ehrlichkeit, Zielstrebigkeit und eiserner Disziplin dem Leben begegnet. Aber von diesem langweiligen Gelaber wollte ich nichts wissen. Ich wollte die Zukunft sehen, realistisch und ungeschönt. Und das war möglich. Unglaublich, aber möglich.

Der Keller

Es war Martha gewesen, die die Kartons ordentlich aufgestapelt und fein säuberlich beschriftet hatte. »Kordel«, »alte Zeitschriften«, »Schnittmuster«, »leere Einmachgläser«. Alles wertloser Kram, der nie wieder benutzt werden würde. Das Zeug gammelte vor sich hin, genau wie das verrostete Werkzeug und die muffigen alten Kleider in den Plastiksäcken. Direkt neben der Treppe stand die Waschmaschine, die immer seltener benutzt wurde. Dafür stattete Wladimir häufiger dem Weinregal einen Besuch ab, wo die Flaschen nach Rebsorten und Jahrgängen geordnet waren.

Der Keller war von der Küche aus über eine steile Treppe zu erreichen. Zu Omas Lebzeiten hätte man hier vom Boden essen können, so sauber war es. Ich konnte mir schwer vorstellen, dass es dort eine Falltür oder einen unterirdischen Gang geben sollte, der zu einer Zeitmaschine führte.

»Ganz früher war das ein Saustall hier, aber Martha hat mich gedrängt, Ordnung zu machen. Davor gab es hier im Keller nichts als Dreck und Ratten, der Boden war auch nicht betoniert. Um ihr eine Freude zu machen, habe ich damals alles ausgeräumt und sauber gemacht. Sie wollte eine Waschküche. Sie bekam eine Waschküche. Und dabei habe ich dieses Loch in der Wand gefunden. Ich habe es verbreitert, Steine rausgehauen, weil ich dachte, dass sich dahinter vielleicht ein Schatz verbergen würde. Aber da war nichts, nur ein leerer Raum.«

Während Wladimir das sagte, ging er auf einen Holzschrank zu und schob ihn mühelos zur Seite. Dahinter kam eine dunkle Vertiefung zum Vorschein.

»Dort wollte ich ein Regal hinbauen. Für den Kram deiner Großmutter. Im Bauschutt habe ich die Steine gefunden.«

»Die altertümlichen Steine?«

»Genau die.«

»Hatte die jemand dort versteckt?«

»Nein. Du hast es nicht kapiert. Dieses Loch, diese Leere, *das* ist die Zeitmaschine.«

»Dieses Loch?«

»Ja. Da, wo nichts ist.«

»Wladi, du redest Unsinn.«

Ich bin sicher kein Experte in solchen Dingen. Aber unter einer Zeitmaschine stellte ich mir eine komplizierte Apparatur vor, mit Instrumenten und einer Sitzgelegenheit. Wenn die Maschine schon älter gewesen wäre, dann hätte ich auch etwas aus Eisen mit Zahnrädern, Kupferrohren und einem Ledersitz akzeptieren können. Oder etwas Ähnliches wie ein Auto. Aber so was? Nein. Das konnte nicht sein, und ich fragte mich ernsthaft, ob Wladimir noch ganz klar im Kopf war.

»Aber … das ist nur ein Loch, das nirgendwohin führt.«

»Im Gegenteil. Das ist ein Zeitloch.«

»Ich … äh … ich kann dir nicht ganz folgen.«

»Das ist wie ein Fahrstuhl zwischen den Zeiten. Oder besser gesagt, eine Öffnung, durch die man in längst vergangene Jahre gelangt. Stell dir vor, das Stockwerk unter uns ist das letzte Jahrhundert ...«

»Was? Das klingt ziemlich bescheuert.«

»Oder ein Ort, an dem die Zeit nicht existiert. Genau, so muss man das erklären: An diesem Ort vergeht keine Zeit.«

»Das heißt ...?«

»An diesem Ort sind die Vergangenheit, Gegenwart und Zukunft auf einer Ebene, die Zeit bleibt stehen und verändert sich nicht.«

»Das ist doch total unlogisch«, meinte ich, »wie willst du dann den Tag und die Zeit bestimmen, zu der du willst?«

»Im Kopf.«

Ich musste wohl ein ziemlich verdutztes Gesicht gemacht haben, und Wladimir war klar, dass ich noch mehr Infos brauchte, um ihm seine Geschichte abzukaufen.

»Du musst ganz konzentriert an den gewünschten Tag denken. An nichts anderes. Und wenn du aus dem Zeitloch herauskommst, bist du dort angekommen.«

»Und das funktioniert? Wirklich?«

»Ich bin zwar ein alter Spinner, aber das kannst du mir glauben. Ich gehe jede Woche ins Jahr 1963 zurück, um deine Großmutter zu treffen, zu dem Tag, an dem sie zwanzig wurde ...«

Sein Blick verschwamm, und seine Augen blickten in eine Vergangenheit, von der ich kaum etwas wusste. Als ich ihn so gedankenversunken dastehen sah, fragte ich mich, ob er nicht einfach seine Träume mit der Realität verwechselte und seine Fantasie mit ihm durchging. Aber die Steine, der Säbel, die alten Zeitungen und die ganzen anderen Sachen, das war zweifelsohne Realität. Durch die Zeit zu reisen war also möglich. Ich hatte so sehr darauf gehofft, und jetzt hatte ich den Beweis. Ich fühlte einen unbändigen Stolz in mir aufsteigen: Mein Großvater vertraute mir. Diesem sonst so verschlossenen, mürrischen und misstrauischen Mann war es wichtig, dass ich ihm glaubte. All die Jahre hatte er dieses unglaubliche Geheimnis mit sich herumgetragen, und jetzt konnte er es endlich mit mir teilen, das Wissen an mich weitergeben. An mich, den Enkel, dem er vertraute.

Ich ging auf das etwa einen Quadratmeter große Loch zu. Eigentlich nichts Besonderes, außer, dass der Boden in diesem Raum nicht betoniert, sondern bloß festgestampft war. Er sah eher aus wie ein Ort, um Brennholz oder Kartoffeln zu lagern. Nichts Auffälliges. Bis auf die nachtschwarze Dunkelheit vielleicht, die dort herrschte, als könnte das Licht der Deckenlampe das seltsame Geheimnis nicht durchdringen. Als ich näher kam, spürte ich einen leichten Hauch, wie ein Luftzug, der aus dem Nichts zu kommen und nach mir zu greifen schien. Ich wich einen Schritt zurück.

»Wenn ich da reingehe, kann ich dann auch … in die Zukunft reisen?«

»Ja, das kannst du. Wenn du es unbedingt willst, dann geh.«

Mein Großvater hatte mich immer ernst genommen, sogar schon als ich gerade erst sprechen gelernt hatte. Er redete mit mir wie mit einem Erwachsenen und traute mir alles zu. Meine Großmutter hatte ihn immer gebremst und ihm deutlich gemacht, dass ein Zehnjähriger sein Leben noch nicht selbst in die Hand nehmen konnte. Mit Sicherheit hatte sie recht gehabt. Aber jetzt, mit fünfzehn, war es einfach genial, selbst entscheiden zu können. Auch wenn mir das manchmal ein wenig Angst machte. Wie genau in diesem Moment.

Wortlos sahen wir uns an. Wladimir zuckte mit keiner Wimper. Wir wussten beide, dass diese Reise in die Zukunft, sollte sie tatsächlich möglich sein, ein Abenteuer war. Eine Reise ins Ungewisse. Wie würde die Welt in fünfundzwanzig Jahren aussehen? Würde das Haus überhaupt noch stehen? Bestand nicht das Risiko, dass ich … nicht als ich selbst in der Zukunft ankommen würde? Ich schob diese Gedanken resolut beiseite. Wenn ich weiter darüber grübelte, würde ich tausend gute Gründe finden, um mich nicht auf dieses Abenteuer einzulassen. Und vielleicht würde sich das Ganze ja doch noch als naiver Traum eines alten Mannes herausstellen. Aber ich war bereits vom Gegenteil überzeugt.

Doch eine so spontane Abreise hatte ich nicht geplant. Ich hatte nichts dabei, außer meinem kleinen Rucksack mit einem Buch, meinem MP3-Player, meinem Ausweis, drei Filzstiften, einem Bounty, drei Mars-Riegeln und einer Handvoll Euromünzen, die dann garantiert nichts mehr wert sein würden. Aber hätte ich mit wochenlanger Vorbereitung mehr mitgenommen? Außer vielleicht einer noch größeren Angst?

»Nur Mut, mein Junge«, sagte Wladimir in feierlichem Ton, »man muss seine Träume leben. Ich werde nicht mehr dort sein, wo du jetzt hingehst, aber ich warte hier auf dich. Und wenn du zur rechten Zeit zurückkommst, wird deine Mutter überhaupt nichts davon mitkriegen.«

Er umfasste mit seiner schwieligen Hand meinen Nacken, wie er es noch nie zuvor getan hatte. Aber um seine Gefühle zu verbergen, drückte er so fest zu, dass er mich fast erwürgt hätte. Normalerweise umarmten wir uns nicht. Es sollte ja auch kein Abschied für immer sein. Er wollte seine Sentimentalität verbergen und ich die Tatsache, dass ich trotz meiner Hartnäckigkeit inzwischen ziemlich Schiss hatte.

Ich machte einen Schritt auf das schwarze Loch zu.

Nichts passierte.

Wladimir verzog keine Miene.

»Was muss ich machen?«, fragte ich.

»Konzentrier dich. Denk ganz fest an das Datum, zu dem du willst.«

Konzentrieren. Das konnte ich. Aber hier ging es nicht um Kopfrechnen, um Addition oder Subtraktion. Hier ging es um einen Ausflug in die Zukunft, in die Zeit, in der ich vierzig Jahre alt sein würde. Erwachsen eben. Noch keine siebzig, aber trotzdem alt …

Plötzlich war Wladimir verschwunden. Puff! Ich wurde nach oben gezogen, alles ging blitzschnell. Aber meine Umgebung war immer noch die gleiche, nur die Steine der Kellerwände wirkten leicht verschwommen. Dann wurde der Sog stärker, und alles um mich herum schien sich zu drehen. Mir wurde heiß. Oder kalt. Keine Ahnung. Und ich hatte Angst. Eine schwachsinnige Idee. Ich hätte nicht …

Leben wie früher

Was für ein Flop.

Alles beim Alten. Der Keller ist noch der gleiche. Aufgeräumt, die Kartons gestapelt, die Weinflaschen im Regal. Nur Wladimir ist verschwunden. Einfach weg.

Ich kann wieder klar sehen, und auch mein Kopf sitzt wieder dort, wo er hingehört. Alles ist gut. Ein bisschen enttäuscht bin ich allerdings schon, dass die Zeitreise nicht funktioniert hat. Sicher, irgendetwas ist passiert, dieser Sog, dieses seltsame Gefühl, aber das hat bestimmt alles nur mit meiner Aufregung zu tun gehabt. Oder ist mir einfach schwindlig geworden? Ich beschließe, wieder in die Küche hochzugehen. Mein Großvater wird mir das alles erklären können. Ich bin überzeugt, dass er mir damit etwas zeigen wollte, aber was?

Alles ist sauber und ordentlich. Vielleicht ein bisschen zu ordentlich. Der Abwasch ist gemacht, der Aschenbecher leer. Ich will ins Wohnzimmer, aber eine Kette versperrt mir den Weg. Komisch, die ist vorhin noch nicht da gewesen. In den anderen Zimmern ist es genauso, es sieht aus, als könnte man sich nur im Flur frei bewegen. Ich habe so was schon mal gesehen … in einem Museum. Leicht verwirrt ignoriere ich die

Absperrung, betrete das Wohnzimmer und bleibe vor dem Kalender über dem Sessel stehen. Immer noch der sabbernde Bernhardiner aus dem Jahr 2010. Wenn ich insgeheim noch einen Funken Hoffnung hatte, dann löste er sich spätestens jetzt endgültig in Luft auf.

»Wladimir? Wo bist du?«

Keine Antwort. Versteckspielen ist sonst nicht seine Sache, und schwerhörig ist er auch nicht. Also? Ich durchsuche das Erdgeschoss. Niemand da. Ich gehe in den Garten. Außer einer sanften Brise, die die Blumen leicht hin und her schwanken lässt, ist alles ganz still. Langsam werde ich doch nervös. Immerhin ist Wladimir nicht mehr der Jüngste. Was, wenn er einen Herzinfarkt hatte und irgendwo liegt? Bewusstlos, einfach umgekippt? Ich umrunde das Haus, bis ich wieder auf der Straße stehe. Immer noch nichts. Und dann sehe ich ihn. Den Feigenbaum. Aber: Das kleine Bäumchen von vorhin ist jetzt ein riesiger Baum. Majestätisch und alt.

Es hat funktioniert.

Jetzt weiß ich, warum Wladimir nicht da ist. Ich bin in der Zukunft, fünfundzwanzig Jahre später. Und es ist ziemlich wahrscheinlich, dass mein Großvater endlich bei meiner Oma ist. Jedenfalls wünsche ich ihm das.

Die Zukunft. Ich setze mich auf die Treppenstufen, um zu begreifen, was geschehen ist. Diese Sache, die sonst nur in Science-Fiction-Büchern und -Filmen vorkommt, ist mir tatsächlich passiert. Ich bin in der Zukunft. Ohne fliegende Untertassen am Himmel, ohne gigantische Wolkenkratzer, ohne Terminator, ohne Außerirdische, ohne Atomkatastrophe. Alles ist wie immer, aber trotzdem die Zukunft. Ich sehe nach rechts und links. Wirklich anders sieht das nicht aus. Die Häuser, die Straße. Dréanzé liegt im üblichen Tiefschlaf. Und wenn da nicht der Feigenbaum wäre, würde ich immer noch zweifeln. Bin ich wirklich in die Zukunft gereist? Oder ist der Baum urplötzlich gewachsen wie im Märchen? Der Kalender mit dem sabbernden Bernhardiner gaukelt mir vor, dass ich nach wie vor am Ausgangspunkt meiner Reise bin.

Immer noch nicht hundertprozentig überzeugt, greife ich nach meinem Rucksack, schließe die Tür ab, hänge den Schlüssel an den Nagel, wie Wladimir es zu tun pflegt, und mache mich auf die Suche nach der Wahrheit.

Die Stille ist beeindruckend. Keine Autos. Und eins ist sicher: Wenn ich wirklich in der Zukunft bin, kann Clementine ganz beruhigt sein. Alles im grünen Bereich. Die Häuser stehen noch, und das Klima ist nicht tropisch. Ich habe immer noch die besorgniserregenden Stimmen vom Wetterdienst im Ohr, die Schwarzmaler, die albtraumhafte Zustände vorausgesagt haben. Im Jahr 2035 kann man augenscheinlich noch ziemlich gut leben. Auf den ersten Blick jedenfalls. Die drei Geschäfte in Dréanzé gibt es immer noch. Es sieht nur so aus, als ob die Schaufensterrahmen kürzlich frisch gestrichen worden wären. Alles ist wie immer, nur irgendwie hübscher. Das Dorf macht einen supergepflegten Eindruck. Das ist also der Fortschritt. Trotzdem fühle ich mich nicht ganz wohl in meiner Haut. Das ist fast schon zu perfekt.

In der Ferne sehe ich zwei alte Damen auf einer Bank sitzen, in ein intensives Gespräch vertieft. Ich setze mich neben sie und spitze die Ohren. Sie verstummen augenblicklich.

»Bist du neu hier?«, fragt die etwas Größere der beiden.

»Ich …«

»Hat Lea dich geschickt?«

»Genau«, antworte ich, »Lea.«

»Na, Mut hat sie ja. Wir haben ihr doch gesagt, dass der Platz vor der Kirche nicht ideal ist, aber sie wollte ja nicht hören.«

Die Kleinere nickt und schaut nach oben. Die andere fährt fort: »Wir machen um fünf Uhr Schluss. Und du?«

»Sie machen Schluss?«

»Aber ja. Sechs Stunden am Tag auf dieser Bank, das reicht mir. Vor allem, wenn man nur für die sechs bezahlt wird!«

»Achtung«, unterbricht ihre Nachbarin sie, »da kommen sie!«

Wie auf Kommando rücken die beiden enger zusammen und beginnen mit zittriger Stimme ein Gespräch über das Wetter und darüber, dass man jetzt schon ein Jäckchen vertragen kann. Als würden sie schauspielern. Ich blicke die Straße hoch und erkenne etwa ein Dutzend Menschen, die neugierig lächelnd näher kommen. Offensichtlich Touristen. Das ist in Dréanzé ein Ereignis. Um nicht zu sagen eine Sensation. Das möchte ich genauer wissen und schließe mich ihnen an, nachdem sie an der Bank vorbeigegangen sind.

Schon bald erreichen wir den Platz vor der Kirche, wo einige Fahrzeuge parken. Kleine Viersitzer, ähnlich wie ein VW Golf, die augenscheinlich mit Elektromotoren betrieben werden. Die Touristen steigen ein und machen eifrig Fotos. Einige holen Popcorntüten aus ihren Taschen. Was wollen die hier? Etwa die beiden Omis auf der Bank besichtigen? Eher nicht. Die beiden sind sicher nett, aber als Touristenattraktion? Erst jetzt fällt mir ein Zettel ins Auge, den einer der Besucher zurückgelassen hat.

Reservierungsbestätigung für den Besuch von
Dréanzé ©
Leben wie früher
Anzahl der Teilnehmer: 3
Einlass: zwischen 10 und 11 Uhr
Ende des Besuchs: 17 Uhr
Gültig nur am 29. Oktober 2065
Besuchen Sie auch das Restaurant
»Wie es früher war«
Geschäfte, Andenken
Verbringen Sie einen unvergesslichen Tag im Jahre 2010!

Ich lese den Zettel noch einmal durch. Drei Mal insgesamt. 2065. Da steht es schwarz auf weiß. Wir sind im Jahre 2065, und aus Dréanzé ist ein Freizeitpark geworden. Spätestens jetzt gibt es keinen Zweifel mehr. Wie konnte es sein, dass …? Ich erinnere mich an meine letzten Gedanken, bevor … Mein Fehler. Und jetzt finde ich mich nicht fünfundzwanzig, sondern fünfundfünfzig Jahre später wieder.

Ich schlucke ein paarmal und versuche einen klaren Kopf zu bekommen. Fünfundfünfzig Jahre. Der Emil, der ich geworden bin, ist jetzt also … siebzig Jahre alt! Falls dieser »er/ich« überhaupt noch am Leben ist. Ich bin noch weiter in der Zukunft gelandet, als ich eigentlich wollte. Wenn man das so sagen kann. Plötzlich überfällt mich Panik. Ich muss völlig verrückt gewesen sein, mich auf dieses Abenteuer einzulassen. Verstört blicke ich mich um und verstehe jetzt, warum das Dorf so sauber und aufgeräumt ist. Aus Dréanzé ist ein Museum geworden! Während ich die vertraute Umgebung betrachte, verschwindet meine Angst. So schlimm ist es eigentlich gar nicht: Die Welt scheint nicht aus den Fugen geraten zu sein, und ich könnte ja trotzdem noch herausfinden, was einmal aus mir werden wird. Außerdem wollte ich ohnehin nicht lange bleiben, vielleicht zwei Stunden, das reicht. Dann bin ich wieder zu Hause in Saint-Port. Ich sehe mich einfach noch mal um und gehe dann wieder zurück. Einfach so. Hoffe ich jedenfalls.

Ich muss nur die nächste Bushaltestelle finden.

»Wohin des Weges, junger Mann?«

Ich drehe mich um. Ein Mann in Uniform mustert mich misstrauisch. Ein Ordner oder jemand vom Sicherheitsdienst. Mit seinem Schnurrbart sieht er aus wie ein Gallier aus den Asterix-Comics. Das Misstrauen des Wachpersonals gegenüber Jugendlichen scheint zeitlos, da hat sich seit 2010 nichts geändert.

»Ist er nicht mit seiner Gruppe unterwegs?«, fährt der Uniformierte fort. »Weiß er nicht, dass Besichtigungen auf eigene Faust verboten sind?«

»Er hat sich verlaufen«, versuche ich, auf seine Art zu sprechen einzugehen.

»Hm. Er hat sich verlaufen oder er wollte sich verlaufen … Auf der Suche nach Antiquitäten?«

»Wie bitte?«

»Das war doch klar und deutlich, oder?«

»Wenn er meint.«

»Ein kleiner Witzbold. Hat er wenigstens seine Eintrittskarte?«

Der Typ nervt, aber ich reiße mich zusammen. Was die Eintrittskarte angeht ... auf gut Glück halte ich ihm den Zettel hin, den ich vorhin gefunden habe.

»Hm. Ich sehe, dass er mit zwei anderen Besuchern unterwegs ist.«

»Er sieht richtig.«

»Es wird Zeit, dass er sich in Richtung Ausgang begibt. Es ist bald fünf Uhr ...«

»Ähm, der Ausgang ... wohin muss ich da?«

»Dort entlang. Aber zuvor zeigt er mir seine Tasche.«

»Was?«

»Die Tasche hier.«

Er zeigt auf meinen Rucksack.

»Wir sind dazu verpflichtet, Kontrollen durchzuführen, die hier ausgestellten Objekte sind von unschätzbarem Wert. Zum Großteil Sammlerstücke.«

Eine Durchsuchung, das hat mir jetzt gerade noch gefehlt. Ich presse den Rucksack an mich und weiche einen Schritt zurück. Ich sitze in der Falle. Alles, was ich besitze, stammt aus dem Jahre 2010. Natürlich. Für diesen Typen sind meine Filzstifte mit Sicherheit seltene Antiquitäten, und das Ablaufdatum meines Schokoriegels wird ihm kalte Schauer über den Rücken jagen.

»Haben wir etwa ein schlechtes Gewissen?«

Durch mein verdächtiges Verhalten alarmiert, greift der Wachmann nach seiner Trillerpfeife. Seine Aufregung wird auch dadurch deutlich, dass er von »er« zu »wir« übergeht.

»Widerstand ist zwecklos. Wenn wir schön brav sind und die Objekte zurückgeben, stelle ich alles wieder an den richtigen Platz und vergesse das Ganze … wenn wir versprechen, nicht wiederzukommen.«

Und wenn es noch so blöd von mir ist, ich habe einfach keine Lust darauf, dass dieser Vogel meinen Rucksack durchwühlt. Niemals. Ich habe nichts gestohlen und auch nichts kaputt gemacht. Die Sachen gehören mir. Sie herzugeben, kommt nicht infrage. Sie sind das Bindeglied zu meiner Gegenwart. Ich könnte versuchen, ihm das zu erklären, aber ich spüre, dass der gute Mann langsam die Geduld verliert. Und er würde mir meine Geschichte auch bestimmt nicht glauben.

Also renne ich los.

Monique

Jetzt bin ich gerade mal eine Stunde in der zweiten Hälfte des 21. Jahrhunderts und stecke schon in Schwierigkeiten. Da ich bei Wladimir und Martha oft die Ferien verbracht habe, kenne ich mich zum Glück in Dréanzé ziemlich gut aus, wahrscheinlich besser als der Museumswärter. Vorausgesetzt, sie haben in der Zwischenzeit nichts verändert.

Ich renne durch die links abbiegende Seitengasse, nehme die Abkürzung an der Bäckerei, die mir mein Großvater gezeigt hat, und lande in seinem Gemüsegarten, der viel besser gepflegt ist als früher. Hinter mir höre ich die schrillen Pfeiftöne des Wachmanns, der seine Leute alarmiert. Aber die Truppe ist schlecht trainiert und verliert bald meine Spur.

Ich renne planlos weiter. Und plötzlich stehe ich vor einem unüberwindbar erscheinenden Hindernis: der Stadtmauer von Dréanzé. Das Dorf ist von einer hohen Mauer umgeben, um zu verhindern, dass die Touristen ohne Eintrittskarte hineinkönnen. Ich habe ein Problem. Wenn ich dieser Mauer folge, stoße ich sicher irgendwann auf den Ausgang. Aber ist das eine gute Idee? Sollte ich nicht lieber aufgeben und in meine Realität zu Wladimir zurückkehren? Die Vernunft rät mir, genau das zu tun. Das Problem ist nur, dass ich nicht vernünftig bin. Immerhin bin ich gerade dabei, einen der ältesten Träume der Menschheit zu erleben!

Da lohnt es sich, noch mehr von dieser Welt zu sehen. Zum Beispiel die Lottozahlen der letzten fünfundfünfzig Jahre. Wenn ich mit den richtigen Zahlen nach Hause zurückkehre, ist meine finanzielle Zukunft gesichert!

Und da ist ja noch meine eigentliche Mission: herausfinden, was aus mir geworden ist. Trotz allem.

Der Eingang des Vergnügungsparks befindet sich in einem der hässlichen neuen Gebäude, ganz in der Nähe des alten Kinos. Das »Alhambra« hat sich in eine Art Souvenirshop verwandelt, außerdem ist dort das Restaurant untergebracht, typisch für solche Parks. Die Gewohnheiten der Touristen haben sich jedenfalls nicht verändert. Außer einigen an den Schaltern herumlungernden Aufsichtspersonen ist niemand zu sehen. Wenn die mich entdecken würden, wäre es vorbei mit der Ruhe. Es bleibt mir also nur der Laden, der Eintritt scheint dort frei zu sein. Ich schlüpfe hinein. Die Kassiererin lächelt mich an, das professionelle Lächeln für die Touristen. Um meine Rolle perfekt zu spielen, streife ich durch die Regalreihen und begutachte das Angebot. Ich traue meinen Augen kaum: abgewetzte Zahnbürsten, eine zerknitterte Busfahrkarte, Socken mit Löchern, eine Zwei-Cent-Münze, eine silberglänzende unbespielte CD. Alles eingeschweißt und hinter Glas, als handele es sich um echte Kostbarkeiten. An jedem Gegenstand prangt ein Preisschild: 100 Ökos, 200 Ökos …

»Das ist die Vitrine mit den Sammlerstücken«, sagt die Verkäuferin und klimpert mit den Augenlidern, »Originale aus dem Jahr 2010. Sehr selten. Die Nachbildungen sind weiter hinten … und natürlich viel billiger.«

Ich werfe ihr einen dankbaren Blick zu und gehe weiter. Natürlich hat das, was dort angeboten wird, kaum etwas mit der Welt zu tun, die ich kenne. Hier werden Kopien von Sachen präsentiert, die von meinen Urgroßeltern stammen könnten, und dazu wertloser Plunder, der so gar nicht zum Beginn des 21. Jahrhunderts passt, sich aber offensichtlich gut verkaufen lässt: Klamotten im Hippie-Look, Nachbildungen des Eiffelturms (gibt's den wohl noch?) und Tassen mit einem Foto von Marilyn Monroe …

In der Nähe des Eingangs sind plötzlich laute Geräusche zu hören. Sicher eine neue Besuchergruppe. Ich gehe etwas näher heran. Etwa zwanzig Personen verlassen gerade das Restaurant. Sie haben ihre Andenken bereits gekauft und machen sich auf den Weg zum Ausgang. Wenn ich mich zwischen sie schmuggeln kann, komme ich hier sicher ohne Schwierigkeiten raus. Ich sehe mich rasch um. Meine Verfolger sind nirgends zu sehen. Wahrscheinlich suchen sie sich mich noch immer zwischen den Tomatenstöcken. Ich winke einem Mädchen aus der Gruppe zu, als ob wir alte Bekannte wären. Sie trägt zwar eine riesige Sonnenbrille, aber irgendwie kommt sie mir bekannt vor. Sie scheint verwirrt und beunruhigt, denn als ich näher komme, dreht sie mir den Rücken zu. Keine Panik jetzt, bloß nicht auffallen. Vielleicht werde ich beobachtet. Die Gruppe geht auf den Ausgang zu, und ich haste hinterher. Ich will nicht alleine zurückbleiben. Auf keinen Fall.

»Monique!«, rufe ich, dämlicher geht es kaum.

Einige Touristen drehen sich zu mir um und sehen mich misstrauisch an, mein Verhalten muss ihnen merkwürdig vorkommen, aber das ist mir egal. In meiner Hektik verdrehe ich mir den Fuß, komme ins Straucheln und falle nach vorne, direkt auf das Mädchen mit der Sonnenbrille. Wir stürzen zu Boden, glücklicherweise dämpft ihr Rucksack den Aufprall, ihre Brille fliegt in hohem Bogen durch die Luft. Dabei platzt der Rucksack auf, und der Inhalt ergießt sich auf die Straße: Lauch, Karotten und weiße Rüben. Nach und nach weichen die anderen zurück, die Augen vor Schreck weit aufgerissen, als ob sie Angst hätten, von der Lauchgrippe oder dem Karottenwahnsinn angesteckt zu werden.

»Es tut mir leid, ich …«

Langsam rappele ich mich auf und versuche, meinem Opfer zu helfen. Sie lehnt ab, kauert am Boden und blickt verstohlen um sich. Sie wirkt wie eine verängstigte Katze. Ich drehe mich um und erstarre: Drei Wachmänner nähern sich mit Riesenschritten. Mein Plan, nur nicht aufzufallen, hat ja perfekt funktioniert. Der Schnauzbärtige ist nicht dabei, offenbar hat er seinen Leuten meine Personenbeschreibung gegeben.

»Warten Sie, ich kann alles erklären …«

Würden sie mir überhaupt zuhören? Dass sie meine Geschichte glauben, kann ich ohnehin vergessen. Die Männer beugen sich jetzt über uns, und zu meiner großen Überraschung interessieren sie sich überhaupt nicht für mich.

»Wie lange sind wir der schon auf den Fersen?«, beginnt der Erste.

»Die bedient sich bestimmt schon seit sechs Monaten klammheimlich in unseren historischen Gärten.«

»Museumsstücke entwenden«, sagt der Dritte sichtlich verärgert, »das wird sie teuer zu stehen kommen.«

Aber bevor die Wachmänner das Mädchen festnehmen können, fliegt ihnen eine Ladung Lauch und Rüben ins Gesicht. In rasendem Tempo, so ähnlich wie mein Vater, wenn er den Beginn eines Fußballspiels zu versäumen droht, stürzt das Mädchen zum Ausgang, rempelt einige Touristen beiseite und ist draußen. Mich trifft ein tiefer Blick aus ihren jadegrünen Augen, der mich umhaut.

Und zum ersten Mal in meinem Leben begehe ich eine Straftat.

Dem ersten Wachmann verpasse ich einen Stoß, so kräftig, dass er auf seinen Kollegen knallt, dem dritten trete ich mit voller Wucht gegen das Knie. Das tut richtig weh. Dann ergreife ich die Flucht, denn zu allem Überfluss eilt auch noch der Schnauzbart zu Hilfe. Er sieht nicht gerade so aus, als sei er zu Scherzen aufgelegt. Aber irgendwie schaffe ich es rechtzeitig nach draußen.

Dort schlägt mir unerträgliche Hitze entgegen.

Ich versuche gar nicht erst, eine Erklärung dafür zu finden, sondern konzentriere mich auf das Wesentliche: Flucht. Die Wachmänner sind mir dicht auf den Fersen. Der Schweiß rinnt in Strömen, trotzdem muss ich rennen, so schnell ich kann. Aber wohin? Was sich meinen Augen bietet, hat mit dem Dréanzé von 2010 nicht mehr viel zu tun. Ich erahne einen überdachten Bahnhof, wo die Touristen vor der Hitze Zuflucht suchen, aber zwei Wachmänner versperren mir in dieser Richtung den Weg. Die anderen schneiden mir den Weg ab, zurück kann ich nicht. Das Mädchen mit den jadegrünen Augen ist verschwunden und hat die Lösung ihres Problems mir überlassen. Sehr großzügig.

Zu allem Überfluss gesellt sich zu der schrecklichen Hitze noch ein fauliger Gestank, der immer stärker wird und mir den Atem raubt. Ich muss in der Nähe der Mülltonnen sein und zusammen mit dieser Hitze … Unmöglich! Die Verfolger sind jetzt ganz nahe. Es ist vorbei. Schweißbäche rinnen mir den Rücken herunter, meine Augen tränen. Meine Beine sind schwer wie Blei, und ich habe keine Ahnung, wohin ich rennen soll. Ich werde mich ergeben, sollen sie doch machen, was sie wollen. Durst.

Plötzlich höre ich zu meiner Linken ein Knattern, aber ich kann nicht erkennen, was es ist. Und dieser Gestank, der immer stechender wird … Da taucht wie aus dem Nichts ein von Schrauben, Bolzen und Muttern zusammengehaltener Blechhaufen auf, der bei wohlwollender Betrachtung als eine Art Auto durchgehen könnte. Das Gefährt stinkt bestialisch nach Müll. Die Fahrertür öffnet sich. Drinnen sitzt das Mädchen.

»Komm rein!«

»Was …?«

Ich spüre bereits den heißen Atem des ersten Verfolgers in meinem Nacken und springe ohne zu zögern in die rollende Mülltonne, die sich mit ungeahnter Kraft in Bewegung setzt. Bei jedem Tritt auf das Gaspedal stößt das Vehikel eine grünliche Sprühnebelwolke aus. Als die Verfolger die Abgase einatmen, bleiben sie abrupt stehen, krümmen sich zusammen und geben ziemlich unansehnlich ihre letzten drei Mahlzeiten wieder von sich. Zum Glück sind wir weit genug weg, um dieses Drama nicht hautnah miterleben zu müssen.

Von:
Ökomuseum Dréanzé
Sicherheitsdienst
An: Schutzpolizei der umliegenden Dörfer
29. Oktober 2065

Betreff: Unerlaubtes Eindringen, Sachbeschädigung, Diebstahl

Heute kam es zum unerlaubten Eindringen zweier Personen ins Museumsdorf. Die erste, männlichen Geschlechts, steht im Verdacht, Ausstellungsstücke des Jahres 2010 entwendet zu haben. Die zweite, weiblichen Geschlechts, hat sich widerrechtlich an verschiedenen Schaugärten zu schaffen gemacht und einige seltene Gemüsesorten gestohlen.
Als sie auf frischer Tat ertappt wurden, haben sich die beiden Beschuldigten den Ordnungskräften widersetzt und die entstandene Verwirrung zur Flucht genutzt.
Sie flohen in Richtung Westen.
Als Anlage sind die Beschreibungen der Tatverdächtigen, ihres Fahrzeugs sowie eine vorläufige Liste der entwendeten Objekte beigefügt. Der genaue Wert des Diebesguts kann erst nach eingehender Analyse beziffert werden.

Alaska

»D… danke.«

»Alaska.«

»Was?«

»Danke, Alaska. So heiße ich. Ich bin nicht Monique.«

»Ach, ich … entschuldige, ich …«

Wir knattern über die staubige Straße, die Schrottkiste klingt wie ein kaputter Rasenmäher. Die Sonne brennt unbarmherzig vom Himmel, aber zum Glück sind die Seitenfenster offen. Oder besser gesagt, sie sind nicht offen, es gibt keine. Der Fahrtwind macht die Hitze wenigstens etwas erträglicher.

»Emil«, sage ich.

Die Fahrerin mustert mich mit einem ebenso überraschten wie neugierigen Blick. Eine gute Gelegenheit, ihre jadegrünen Augen zu bewundern. Der Rest ist auch nicht übel. Braune Haare, freche Stupsnase, volle Lippen, ein sanft gerundetes Kinn … Sie erinnert mich entfernt an jemanden. An wen bloß? Sie richtet ihre Aufmerksamkeit auf die Straße, offensichtlich will sie nicht mit mir reden. Die staubige Piste mündet bald in eine asphaltierte Straße.

»Ziemlich heiß«, wage ich einen erneuten Versuch.

»Du hast mein Biz ruiniert«, knurrt sie.

»Dein Biz?«

»Mein Business. Das Gemüse. Wenn ich jetzt wieder nach Dréanzé reinwill, wird das eine ganz heiße Kiste.«

»Heiße Kiste?«

»Wiederholst du immer alles, was man sagt?«

»Wie, was man sagt?«

»Okay, René, vergiss es.«

»Emil«, wiederhole ich.

Ich sehe, wie sie genervt die Augen rollt. Super, wir sind kaum eine Viertelstunde unterwegs, haben noch keine Menschenseele getroffen, und schon habe ich mich zum Trottel gemacht. Augenscheinlich hat sich die Welt im Vergleich zum Jahr 2010 doch ziemlich verändert, und ich muss noch einiges lernen, wenn ich hier überleben will. Die Sprache, zum Beispiel. Sie scheint sich verändert zu haben. Zumindest benutzt diese Alaska seltsame Ausdrücke. Die Sache mit dem Gemüsebusiness erwähne ich besser nicht mehr. Zu riskant. Außerdem bin ich nicht hier, um zu plaudern. Mein Ziel ist klar: Saint-Port-sur-Mer erreichen und herausfinden, was aus mir geworden ist. Dann geht's zurück.

Alaska bricht ihr Schweigen.

»Wohin willst du?«

»Saint-Port-sur-Mer.«

Wieder mustert sie mich ungläubig.

»Was willst du denn da?«

»Äh … Verwandte besuchen.«

»Verwandte?«

Ich habe den Eindruck, dass ihr tausend Zweifel durch den Kopf schwirren, auf jeden Fall bin ich ihr suspekt.

»Und wo kommst du her?«

»Also, eigentlich komme ich aus Saint-Port-sur-Mer, aber … sagen wir, ich war schon eine Ewigkeit nicht mehr dort.«

»Den Eindruck habe ich auch«, auf ihren Lippen liegt ein rätselhaftes Lächeln, »die Stadt hat sich ganz schön verändert. Wie alt bist du denn, Harald?«

»Fünfzehn. Und du?«

»Um den Dreh.«

Die Stadt hat sich ganz schön verändert. Was soll ich mir darunter vorstellen? Dieses Mädchen macht mich nervös.

»Und wieso klaust du Gemüse?«, wage ich zu fragen.

»Frisches Gemüse bekommt man hier nur in Dréanzé. Das ist echter Luxus, verstehst du? Hin und wieder bessere ich dort das Angebot in meiner Speisekammer auf.«

Dann starrt sie angestrengt auf das Lenkrad, bevor sie weiterspricht: »Stimmt schon, erlaubt ist es nicht. Außerdem kennen mich die Wachleute jetzt. Das nervt. Das nächste Mal muss ich mich besser verkleiden. Oder ich suche mir einen mutigen Komplizen, einen, der keine Skrupel hat.«

Bei den letzten Worten sieht sie mich vielsagend an. Ich reagiere nicht. Ein nächstes Mal? Ohne mich. Sobald meine Mission beendet ist, kehre ich ohne Umwege ins Jahr 2010 zurück. Ich muss dringend das Thema wechseln.

»Dein Auto riecht …«

»Ja?«

»… nicht besonders gut.«

»Findest du? Es riecht wie immer.«

»Vielleicht das Benzin?«

»Das was?«

»Der Treibstoff.«

»Ach so, der ist ganz normal. Was man aus Abfällen so machen kann ...«

»Das Auto fährt mit ... Müll?«

»Oh Mann! Wo kommst du denn her?«, fragt sie lachend. »Du denkst doch wohl nicht, dass wir noch mit Benzin fahren? Wir leben nicht mehr im Jahr 2000, Emil!«

Man könnte meinen, ich hätte einen guten Witz erzählt. Ich muss vorsichtiger sein.

»Hahaha!«, lache ich mit und zwinge mir ein Grinsen auf die Lippen, als wäre ich ein total lustiger Typ.

Eines habe ich jetzt kapiert: Wenn ich nicht zu sehr auffallen will, muss ich meine Rolle gut spielen. Ansonsten werde ich nie etwas über meine Zukunft herausfinden. Die nächsten zehn Kilometer sagen wir gar nichts. Wenn ich das richtig verstehe, hat sich das bewahrheitet, was 2010 vorhergesagt worden war: Die Erdölreserven sind erschöpft, und man hat eine Möglichkeit gefunden, aus Abfall einen Ersatztreibstoff herzustellen. Was den Gestank angeht, muss man sich allerdings noch etwas einfallen lassen. Mir brennen tausend Fragen auf der Zunge, unmöglich, sie einfach auszublenden. Ich versuche, taktisch geschickt vorzugehen, ohne mich zu verraten.

»Ziemlich heiß, was?«

»Heiß? Du bist echt durchgeknallt.«

»Warum?«

»Wir hatten schon lange keinen so kühlen Oktober mehr wie dieses Jahr.«

Ich starre sie fassungslos an. Hat sie etwa den Verstand verloren? Ein nettes Mädchen, aber komplett bescheuert, die Lauch und Karotten in einem Museumsdorf klaut und mit einem Gefährt durch die Gegend tuckert, das halb Mülltonne und halb Spielzeugauto ist. Aber nett ist sie, keine Frage.

»Ich würde wirklich gerne wissen, wo du herkommst.«

»Warum? Findest du es nicht auch heiß?«

»Schon … Aber meine Eltern haben mir erklärt, dass das schon seit etwa dreißig Jahren so ist. Vielleicht sogar noch länger. Ich kenne es nicht anders. Deshalb wundert es mich, dass dich die Hitze so überrascht. Es sei denn, du kommst aus Grönland … Es heißt, da oben wächst herrliches Gemüse.«

Grönland? Das werde ich wohl kaum in meine Geschichte einbauen können. Deshalb ist es im Augenblick besser, einfach die Klappe zu halten. Und zuzuhören. Aber eine letzte Frage habe ich noch: »Kannst du mich in Saint-Port-sur-Mer absetzen?«

»No problem!«

Nach gut einer Stunde rieche ich, dass wir uns dem Ziel nähern. Trotz des Gestanks im Wagen kann ich den unvergleichlich würzigen Duft des Meeres erahnen, den Geruch meiner Heimat. Obwohl vieles anders aussieht, erkenne ich doch die vertraute Hügellandschaft. Die Bäume sind allerdings verkrüppelt, und an einigen Stellen hat die Versteppung bereits begonnen. Bestimmt wegen der Hitze. Ich bin zwar kein Experte, aber könnte es sein, dass ich hier die Folgen der Klimaerwärmung miterlebe, mit denen Clementine mir immer wieder in den Ohren liegt?

Schließlich erreichen wir die Straße, die durch den spärlichen Wald von Beauvet hinab nach Saint-Port führt. Es sieht aus, als hätte hier ein Brand gewütet.

Nach der letzten Kurve werde ich weiter unten meine Heimatstadt sehen, mit dem Hafen und den Straßen, die ich seit meiner Kindheit kenne. Ich bin aufgeregt, glücklich … und gleichzeitig habe ich das Gefühl, dass hier etwas nicht stimmt.

Alaska fährt jetzt langsamer und nimmt die letzte Haarnadelkurve. Die Abgase ihres Vehikels vernebeln uns einen Moment die Sicht. Dann lichtet sich der Nebel, und mir stockt der Atem.

Saint-Port-sur-Mer ist im Meer versunken.

Xenon
D-312
an
E-027
29. Oktober 2065

Anbei eine Kopie des Tagesberichts vom Ökomuseum in Dréanzé. Wie üblich wissen meine Vorgesetzten nichts von meinem Tun.

Saint-Port-sur-Mer

Ich steige aus und bleibe entgeistert stehen. Einen kurzen Augenblick lang vergesse ich den höllischen Gestank des Autos. Mein Saint-Port, von den Fluten verschlungen. Das Wasser steht ungefähr bis zum zweiten Stockwerk der verlassenen Gebäude. Die von den Ruinen begrenzten Straßen kann man nur erahnen, den Platz, an dem meine Schule stand, das Rathaus. Der Hafen ist verschwunden, wie von der Landkarte radiert. Nur die Spitze des Leuchtturms am Ende der Mole ragt noch aus dem Wasser. Das Meer ist überall. Und weit und breit kein Schiff. Ich schlucke mühsam und drehe mich zu Alaska um. Die Arme vor der Brust verschränkt, lehnt sie an ihrem Gefährt und lässt mich keine Sekunde aus den Augen. Ihr Gesichtsausdruck ist eine Mischung aus Neugier, Ironie und vielleicht auch Mitleid.

»Ich kenne diese Stadt nicht anders«, sagt sie schließlich, »im Jahr 2035 wurde die Evakuierung angeordnet. Nach dem dritten Tsunami und den katastrophalen Überschwemmungen der zwanziger Jahre.«

»Der zwanziger Jahre …«, wiederhole ich entgeistert.

»Die Stadt aufzugeben, ist schon etwa zehn Jahre früher

entschieden worden. Man hat sofort begonnen, eine neue Stadt zu bauen, dahinten.«

Sie zeigt in Richtung Hügel, wo sich kleinere und größere Häuser in den Himmel recken.

»Saint-Port II. Da wohne ich.«

»Aber ... warum? Was ist passiert?«

»Echt mal, aus welchem Loch bist du denn gekrochen? Hast du in der Schule Geschichte und Geografie geschwänzt? Der Meeresspiegel ist noch weiter angestiegen, als Experten befürchtet hatten. Ein Tsunami folgte dem nächsten, noch nie davon gehört?«

»Und die Einwohner? Was ist aus ihnen geworden?«

»Das habe ich doch schon gesagt. Wir wohnen dahinten, in Saint-Port II.«

Ich schüttele den Kopf und höre mir all diese Informationen an, ohne sie wirklich zu begreifen. In meiner Kehle formt sich ein Kloß.

»Und die Fischerei? Die Boote?«

»Fische gibt es schon lange nicht mehr. Soweit ich weiß, hat das mit dem Golfstrom zu tun. Und mit dem Anstieg der Wassertemperatur. Die Fische sind entweder woanders hingezogen ... oder ausgestorben.«

Mein Vater. Ich muss ununterbrochen an ihn denken. Er hat einen Großteil seines Lebens darum gekämpft, Fischer sein zu können, und dann haben ihn die Fische im Stich gelassen. Ich rechne kurz nach, wenn er noch lebte, müsste er jetzt siebenundneunzig sein. Plötzlich packt mich ein schreckliches Gefühl. Mein Leben, unser Leben, gibt es nicht mehr. Das wird mir schlagartig klar. Meine Eltern, meine Schwester.

Meine Freunde. Was ist aus ihnen geworden? Nicht einmal Erinnerungen. Ich wende mich ab, denn ein Gefühlstsunami zieht mich in die Tiefe. Ich habe keine Lust, dass Alaska mich so sieht. Ich greife nach meinem Rucksack und gehe in Richtung der versunkenen Stadt.

»Hey! Wo willst du hin?«, schreit sie mir hinterher.

Ich antworte nicht. Meine Heimat liegt vor mir, völlig zerstört. Ich muss sie wiederfinden.

»Du kannst da nicht hin, das ist strengstens verboten. Viel zu gefährlich. Es gibt immer wieder riesige Wellen, die alles überfluten und die Reste der Stadt mit sich reißen.«

»Seit wann interessiert es dich, dass etwas verboten ist? Ich sage nur: Lauch.«

»Okay, mach was du willst. Du hast schon recht, jeder ist für sein Leben selbst verantwortlich.«

Alaska geht drei Schritte auf ihre rollende Mülltonne zu und schimpft weiter: »Aber deins wird bald zu Ende sein, eine niedliche kleine Welle und schwupps! Das war's mit Emil.«

Ich beachte sie gar nicht. Wenn es darum geht, meine Umwelt zu ignorieren, bin ich ein Meister. Das habe ich sicher von Wladimir geerbt. Außerdem habe ich gar keinen Grund, sauer auf Alaska zu sein. Ich bin traurig und wütend zugleich, und das muss niemand sehen, da haue ich lieber ab.

»Amüsier dich gut«, spottet sie noch, bevor sie losfährt, »und grüß die Algen von mir! Von deiner Stadt ist ohnehin nichts mehr übrig. Alles wurde nach Saint-Port II gebracht. Ins Archiv …«

Und dann verschwindet das Vehikel hinter der ersten Kurve, eingehüllt in eine stinkende Wolke.

Das war dumm von mir, klar. Jetzt bin ich meine einzige Verbündete auch noch los. Das ist immer so, wenn ich gefühlstechnisch überfordert bin, dann verliere ich den Kopf. Ich ziehe ein Taschentuch aus der Hosentasche und wische mir über die Augen. Mein Blick verliert sich in den überfluteten Straßen von Saint-Port-sur-Mer. Hätten wir das vielleicht verhindern können? Die Moralpredigten von Clementine über den Treibhauseffekt und das Schmelzen der Polkappen, die dazu führen, dass der Meeresspiegel dramatisch ansteigt, kommen mir wieder in den Sinn. Wie hat sie mich genervt. Aber das Ergebnis sehe ich jetzt vor mir.

Ich setze mich einen Moment ins Gras. Alaskas letzte Worte spuken mir im Kopf herum. Nichts mehr übrig. Die Stadt wurde natürlich komplett geräumt. Hier finde ich nicht heraus, was mal aus mir wird. Zumindest nicht ohne Taucherbrille, Flossen und Sauerstoffflasche. Sie hat das Archiv erwähnt. Es ist wahrscheinlicher, dort etwas zu erfahren, Dokumente einzusehen und Augenzeugenberichte zu lesen. Ich drehe um. Nach einem letzten Blick auf meine unaufhaltsam versinkende Stadt mache ich mich auf den Weg nach Saint-Port II. Mit dem Auto wäre es schneller gegangen.

Anderthalb Stunden später betrete ich schweißnass die neue Stadt. Die Passanten beachten mich nicht weiter, irgendwie beruhigend, so sehr scheine ich gar nicht aufzufallen. Außerdem sehen die Leute fast genauso aus wie vor fünfundfünfzig Jahren, außer dass sie angezogen sind, als wären sie auf einem Wüstentrip: breitkrempige Hüte, Trinkflaschen und manchmal sogar farbenfrohe Gewänder und Tuniken. In meinem T-Shirt bekomme ich bestimmt einen Sonnenbrand. Ich gehe weiter in Richtung Zentrum. Die wenigen Autos, die an mir vorbeifahren, stinken wie Alaskas Schrotthaufen. Zum Glück gibt es Straßenbahnen. Trotzdem gefällt mir die neue Stadt nicht. Hier wird nichts dem Zufall überlassen: Die Grünanlagen sind penibel gepflegt, die Gebäude klinisch sauber, die Straßen schnurgerade. Alles ein bisschen zu perfekt. Ich habe den Eindruck, in einer Modellstadt unterwegs zu sein. Auf den Dächern gibt es keine Ziegel, sondern lange Reihen von Sonnenkollektoren. Die Fenster und Türen der Häuser sehen aus wie Schießscharten, wahrscheinlich, um die Hitze draußen zu halten. Alles ist ohne Zweifel von klugen Köpfen geplant, und doch fehlen Saint-Port II die Gebrauchsspuren des Alltags und ein klein wenig auch das Leben und Treiben, das eine Stadt ausmacht. Ich hatte auf eine innovativere Stadt gehofft, wie sich das für die Zukunft gehört. Das hier gleicht Lego.

Sehr bald erreiche ich einen kahlen großen Platz, auf dem vier kümmerliche Bäumchen für ein wenig Grün sorgen. Dort steht, lässig an ihre fahrende Mülltonne gelehnt, Alaska. Ein überlegenes Lächeln auf den Lippen, die Arme vor der Brust verschränkt, sieht sie mich aufmerksam an. Ich fühle mich jämmerlich und vermeide ihren Blick.

»Wie war das Bad?«

»Genial«, brummele ich. »Wartest du etwa auf mich?«

»Aber klar, Oskar! Ich warte auf meine Bezahlung.«

»Bezahlung?«

»Ich habe dich von Dréanzé nach Saint-Port kutschiert. Du glaubst doch wohl nicht, dass ich das wegen deiner schönen Augen gemacht habe?«

»Ich hatte gehofft …«

»Träum weiter.«

»Also … wie viel willst du?«

Ich besitze keine Ökos. Wie soll ich sie bezahlen? Möglicherweise gibt sie sich mit irgendwas aus dem Jahr 2010 zufrieden, etwas aus meinem Rucksack vielleicht. Mit ironischer Miene mustert sie mich von oben bis unten, fixiert meine Kleidung, meine Schuhe, meinen Rucksack, als ob sie ihren Preis einschätzen würde.

»Die Wahrheit«, antwortet sie schließlich.

»Die Wahrheit? Wie meinst du das?«

»Das ist mein Preis. Ich möchte wissen, wer du wirklich bist.«

»Pfff! Niemand Interessantes.«

»Verkauf mich nicht für dumm, du Wicht. Du musst zahlen.«

Verdammt. Ich darf es ihr nicht verraten, das kommt nicht infrage. Wenn ich Wladimirs Geheimnis preisgebe, würde es sich wie ein Lauffeuer durch alle Epochen verbreiten, und ich stelle mir lieber nicht vor, was für ein Zeitchaos dann entstehen würde: Julius Cäsar als Feldherr in Verdun, Beethoven schreibt die Musik für die letzte CD von Adele, und Angela Merkel befreit die Bastille. Das würde die Geschichte komplett auf den Kopf stellen. Dafür will ich nicht verantwortlich sein. Ich muss Zeit gewinnen und mir eine glaubhafte Geschichte ausdenken, die ich ihr auftischen kann.

»Okay, ich erzähl dir alles. Aber vorher musst du mich zu diesem Archiv bringen, von dem du erzählt hast.«

»Und dort klärst du mich dann endlich auf?«

»Versprochen.«

Manchmal müssen Abenteurer eben ein bisschen schwindeln, um ihre schwierige Mission erfüllen zu können. Ich bin nicht sicher, ob Alaska mir wirklich glaubt, aber zumindest tut sie so, als ob. Wir steigen wieder ins Auto.

»Auf geht's«, sagt sie und fährt los.

Sie parkt in der Nähe eines imposanten Gebäudes: das Archiv, in dem die Geschichte von Saint-Port-sur-Mer aufbewahrt wird. Hier hat man viel Geld reingesteckt. Wahrscheinlich als Trostpflaster für die zwangsumgesiedelten Bewohner.

»Da ist es«, verkündet Alaska. »Heute ist dein Glückstag, zufällig haben sie länger offen! Na, dann wollen wir mal.«

»Du kommst mit?«

»Tsss. Vertrauen ist gut, aber man sollte es auch nicht übertreiben. Ich begleite dich.«

Ihr Tonfall lässt keine Widerrede zu. Ich muss mir etwas einfallen lassen. Einerseits darf sie auf keinen Fall hinter mein Geheimnis kommen, andererseits hat es aber auch Vorteile, wenn sie dabei ist. Als sachkundige Beraterin zum Beispiel.

»Also gut«, gebe ich nach.

Und wir betreten das Archiv.

Alaska wechselt ein paar Worte mit dem Angestellten am Empfang, und im Handumdrehen finden wir uns vor einem modernen Computer wieder, der das Bild einfach in die Luft projiziert. Sieht cool aus!

»Alles, was sich in den Archiven von Saint-Port-sur-Mer befunden hat, ist digitalisiert worden«, erklärt Alaska. »Du hast Zugang zu Abermillionen von Informationen. Was private Dokumente angeht, musst du nachweisen, dass du ein Familienmitglied bist …«

»Hmm.«

»Wie, hmm?«

»Hör mal, Alaska, du hast mir sehr geholfen, aber … ich möchte lieber alleine recherchieren.«

»He! Nicht so fix, Felix! Du hast deine Schulden noch nicht bezahlt!«

Ich bin kurz davor, ihr zu sagen, dass sie sich ihre Schulden sonst wo hinstecken kann. Aber außer der Tatsache, dass das ziemlich beleidigend wäre, riskiere ich damit, dass ich meine einzige Verbündete verliere, die ich in der Zukunft habe. Da kommt mir eine geniale Idee.

»Also, ehrlich gesagt … Ich habe mein Gedächtnis verloren«, erkläre ich mit bedauernder Stimme.

Das ist es. Das ewig währende Märchen, das selbst die Hartgesottenen zu Tränen rührt und Stoff unzähliger Hollywooddrehbücher ist. Und die ideale Rechtfertigung für meine Unwissenheit und meinen Wissensdurst.

»Oh«, meint Alaska lediglich und gibt sich geschlagen, »alles klar. Ich verstehe.«

»Du wolltest doch alles wissen. Jetzt weißt du es.«

»Okay«, sagt sie immer noch fassungslos, »dann gehe ich mal. Äh, ich habe hier sowieso zwei, drei Sachen zu erledigen. Ich warte auf dich. Wenn du mich brauchst, melde dich einfach.«

»Nett von dir.«

Ich schenke ihr ein scheinheiliges Lächeln, für das ich den

ersten Preis in der Kategorie Irreführung beim Internationalen Heuchlerfestival gewinnen würde. Sie setzt sich an einen der Computertische in der Nähe und sieht mich kurz an, bevor sich ihr Bildschirm ebenfalls verdunkelt und mir die Sicht nimmt. Den Hauch eines Augenblicks habe ich ein schlechtes Gewissen, aber wenigstens bin ich meine Schulden los. Hoffe ich jedenfalls.

Eine Seite im Geschichtsbuch

Die Suchmaschine erinnert ein wenig an Google, nur besser. Man kann mehrere Recherchen gleichzeitig laufen lassen, die quasi für einen mitdenken und immer neue Begriffe und Kategorien durchforsten, je nachdem, was bisher gefunden wurde. Einfach, praktisch, effektiv.

Ich blättere zuerst durch die Lokalnachrichten. Das halbe Jahrhundert, das mich von meinem Ausgangspunkt trennt, rast an mir vorbei wie ein Traum, der manchmal aber eher zum Albtraum wird. Viele Fotos: gewaltige Flutwellen, in Panik fliehende Menschen, das Verteilen von Lebensmitteln, Gebäude, die von den Fluten mitgerissen und Schiffe, die ans Ufer gespült werden. Schnappschüsse von Architekten, die ihr Projekt »Neue Stadt« vorstellen, Baupläne, Bilder vom Beginn der Bauarbeiten und der Einweihungsfeier. Dazwischen immer wieder Interviews mit Wissenschaftlern, die detailliert die Dramatik der Situation beschreiben, und mit Politikern, die mit ernster Miene versichern, dass sie alles tun werden, was in ihrer Macht steht. Sie erklären in drei Stunden, was mir Alaska in zehn Minuten deutlich gemacht hat: Abgase, die zum Treibhauseffekt führen, globale Erwärmung der Erde und der Meere, Schmelzen der Gletscher und der Polkappen, Anstieg des Meeresspiegels. Kurzum, der Ernstfall ist eingetreten, die vorhergesagte Katastrophe hat tatsächlich stattgefunden. Clementine hatte recht, und ich weiß nicht, wie viel ich ihr erzählen soll, wenn ich sie wiedersehe.

Ich verstehe jetzt besser, warum es hier so unerträglich heiß ist, aber die Wissenschaftler sagen auch, dass sich das Klima sogar ins Gegenteil verkehren könnte. Es sei nicht ausgeschlossen, dass es in dieser Region, wie auch in ganz Mittel- und Nordeuropa, zu einer Eiszeit kommen könnte. Was für eine tröstliche Auswahl: Möchten Sie lieber in einem Backofen oder in einem Kühlschrank leben?

Aber alle diese beeindruckenden Informationen verraten mir nichts darüber, was mit meiner Familie und mir passiert ist. Ich gebe nicht auf. Ich suche weiter und stoße auf meinen Namen auf der Schülerliste des Collège, dann auf der vom Gymnasium. Ich entdecke, dass ich im Jahre 2014 mein Abitur bestanden habe, und zwar mit Auszeichnung, toll was? Danach nichts mehr. Ich bin wahrscheinlich weggezogen, direkt vor dem ersten Tsunami. Vielleicht wegen der Uni. Es sei denn … Mein Magen zieht sich zusammen. Es gab bestimmt Opfer während dieser Katastrophe. Ich finde Artikel über Helden, die Leben gerettet haben, darunter mein Vater, und eine provisorische Liste der Opfer. Ich tauche dort nicht auf. Uff!

In den Archiven des Jahres 2016 stoße ich auf einen Artikel von Clementine Kolaux über die möglichen Klimaveränderungen. Allerdings finde ich nicht heraus, ob meine kleine Schwester Journalistin oder Wissenschaftlerin geworden ist. Aber ich bin stolz auf sie.

Außerdem lese ich mir ein Interview mit einigen Fischern durch, die erklären, dass ihr Beruf keine Zukunft mehr hat: Es gibt keine Fische mehr. Einige Arten sind in andere Regionen abgewandert, andere ganz ausgestorben. Auf dem Foto entdecke ich meinen Vater, der in seinem typischen Arbeitsoverall im Hintergrund steht und mit protestiert. Wir sind im Jahr 2020, zehn Jahre nach meiner Abreise, und ich habe ihn heute Morgen noch gesehen. Auf dem Bild scheint er dreißig Jahre gealtert zu sein. Mein Herz wird schwer. Plötzlich erkenne ich den Wahnsinn der ganzen Geschichte. Will ich das wirklich alles wissen?

Dann sehe ich einen weiteren Artikel, dieses Mal über Clementine, die eine Interessengruppe gegründet hat, mit dem Ziel, die Artenvielfalt der Tiere zu erhalten: die Aktion »Pro Natur durch Artenschutz«, kurz PANDA. Hübsch. Vor allem, weil der Panda, wie sie im Artikel erläutert, ebenfalls zu den bedrohten Tierarten gehört.

Aber während mein Schwesterherz aktiv wird, verliert sich die Spur der restlichen Familie im Dunkel der Geschichte.

Bei meiner weiteren Suche erfahre ich, dass im Jahr 2029 eine gewisse Mme Berger zur Bürgermeisterin von Saint-Port gewählt wurde und dass sie die neue Stadt einweiht. Auf den Fotos habe ich Mühe, Melanie wiederzuerkennen, die mit vierunddreißig Jahren zwar immer noch ernst, aber nicht mehr ganz so hübsch aussieht. Wenn ich die Fotos genauer betrachte, fällt mir eine gewisse Ähnlichkeit zu Alaska auf. Ist sie vielleicht … die Großmutter meiner Begleiterin? Und wer ist dann der Großvater? Vielleicht dieser Hohlkopf von Thomas, mit dem sie zu meiner Zeit zusammen war?

Sechs Jahre später verliert sie die Wahl.

Plötzlich kommt mir die banale, aber geniale Idee, das Online-Telefonbuch durchzusehen. Aber nichts. Keine Kolaux-Einträge in Saint-Port. Es sei denn, sie sind nicht verzeichnet. Ich recherchiere noch ein bisschen weiter, aber außer einer Flut an Informationen, mit denen ich nichts anfangen kann, finde ich nicht die geringste Spur von Emil Kolaux, heute fast siebzig. Falls er noch lebt.

»Also?«

Alaska hatte mein Schweigen respektiert, solange wir noch im Archiv waren, aber jetzt auf der Straße sieht sie mich wieder mit ihrem durchdringenden Blick an und will es wissen.

»Nichts. Ich weiß immer noch nicht, wer ich bin.«

Tatsächlich ist das nur eine halbe Lüge: Ich weiß noch immer nicht, wer ich … geworden bin. Und das beunruhigt mich. Vielleicht sterbe ich jung? Eine Weile laufen wir schweigend nebeneinanderher. Um uns herum pulsiert das Stadtleben. Ich bin ziemlich enttäuscht. Die Zukunft unterscheidet sich nicht wesentlich von der Gegenwart. Ich hatte auf spektakuläre Veränderungen gehofft, aber die Leute fahren immer noch in öffentlichen Verkehrsmitteln zur Arbeit, die Geschäfte haben ihre Waren im Schaufenster ausgestellt, und die Hunde machen ihre Haufen auf den heißen Asphalt der Bürgersteige. Alaska wirkt nervös.

»Eine Sache kapier ich einfach nicht«, meint sie schließlich. »Wenn du das Gedächtnis verloren hast, woher wusstest du dann, dass du nach Saint-Port zurückmusst?«

»Na ja …«

»Ich meine, woher hast du gewusst, dass du dort Familie hast?«

Ich spüre ihren Zweifel. Aber zum Glück fällt mir spontan etwas ein: »Weißt du, die Ärzte haben mir erklärt, dass das Erinnerungsvermögen sehr selektiv funktioniert. Zum Beispiel kann ich noch sprechen und die meisten Dinge benennen. Und so ist das auch mit Saint-Port-sur-Mer. In einem geschützten Winkel meines Gehirns gibt es diesen Namen, der mit meinen Wurzeln verbunden ist. Das ist alles.«

So was Ähnliches habe ich mal in einem Film gesehen.

»Aha.«

Habe ich sie überzeugt? Plötzlich steigt ein Verdacht in mir auf: Warum interessiert sich dieses Mädchen so sehr für mich? Liegt es etwa an meinem unwiderstehlichen Charme? Oder ist sie sauer, weil ich ihr Gemüsebusiness kaputt gemacht habe? Ist sie vielleicht bei der Polizei? Aber dafür ist sie eigentlich noch zu jung …?

»Weil wir gerade dabei sind, könntest du mir bitte sagen, warum du …«

Zum Beenden der Frage bleibt keine Zeit. Alaska packt mich plötzlich am Arm und zieht mich in die entgegengesetzte Richtung.

»Hey! Was ist denn?«

»Es wird kühl!«

»Echt?«

Im Anbetracht der immer noch brutalen Hitze und der hässlichen Schweißflecken auf meinen Klamotten habe ich so meine Zweifel. Aber sie lässt nicht locker und zieht noch fester, als hinter uns eine Stimme zu hören ist: »Alaska!«

Meine Begleiterin erstarrt, rollt die Augen und dreht sich dann sehr langsam um. Die Frau, die auf uns zukommt, sieht für ihr Alter blendend aus: schicke lange Bluse, eine grellbunte Hose aus fließendem Stoff, die kurzen Haare silberblau gefärbt. Sie sieht aus wie eine dieser dynamischen Rentnerinnen, die scheinbar nie älter werden. Kurz hinter ihr folgen zwei Typen im Krawatte-Sonnenbrillen-Aktenkoffer-Look. Auch da hat sich offensichtlich nicht viel verändert.

»Alaska«, wiederholt die ältere Dame, als sie endlich zu uns aufgeschlossen hat, »hast du mich nicht gehört?«

»Hey.«

»Entschuldige, dass ich deinen Geburtstag vergessen habe, meine Liebe, aber ich bin sehr beschäftigt und …«

»Keine Sache, Oma, alles cool.«

»Ich schick dir einen Scheck. Das ist am einfachsten, oder?« Ohne eine Antwort abzuwarten, wendet sie sich an einen der Anzugträger. »Sie erinnern mich, Hubert: einen Scheck an meine Enkelin schicken.«

»Ist notiert, Frau Bürgermeisterin.«

»Ähm, Frau Bürgermeisterin, wir kommen zu spät«, schaltet sich der zweite Begleiter ein.

»Ich komme, ich komme. Bis bald, mein Schatz.«

Die Dame hält ihrer Enkelin die Wange hin, und Alaska streift sie flüchtig. Erst im allerletzten Moment bemerkt sie mich: »Wer ist dieser junge Mann?«

»Ein Freund«, antwortet Alaska.

»Wie seltsam … wer sind deine Eltern, mein Junge?«

Nach dem, was ich im Archiv erfahren habe, muss diese Frau eine alte Bekannte sein.

»Hallo, Melanie«, sage ich, »das ist ja eine Ewigkeit her, was?«

Ihre Augen werden so groß wie Untertassen, und ihr Kinn beginnt leicht zu zittern.

»Die … die Ähnlichkeit ist wirklich erstaunlich. Bist du etwa Emils Enkel?«

»Nicht ganz. Ich BIN Emil.«

Verdammt! Jetzt ist es mir doch rausgerutscht. Ein Reflex, ganz spontan. Was hat mich da nur geritten? Melanie schließt die Augen und schüttelt den Kopf, als ob sie einen schlechten Traum verscheuchen will.

»Willst du damit sagen, dass du den gleichen Vornamen hast wie dein Opa?«

Verdammter Mist, ich hab's versaut. Es ist wirklich sauschwer, ein Geheimnis für sich zu behalten, noch dazu so eins. Wie auch immer.

»Nein, nein. Ich bin's, der Versager. Erinnerst du dich? ›Einmal Versager, immer Versager‹?«

Die alte Dame mustert mich eingehend, scannt jeden Quadratzentimeter meines Gesichts. Obwohl sie immer noch an meiner geistigen Gesundheit zu zweifeln scheint, sucht sie nach Zeichen, die ihr Gewissheit verschaffen. Ihre Lippen bewegen sich, ohne etwas zu sagen, sie wirkt verwirrt. Aber ihre Augen, die sind immer noch wie früher. Sie haben immer noch diesen entschlossenen Ausdruck, den ich gestern, vor fünfundfünfzig Jahren, bei ihr gesehen habe.

»Gibt es ein Problem, Frau Bürgermeisterin?«

»Nein, nein, Hubert. Wartet hier auf mich, du auch, Alaska.«

Dann hakt sie sich bei mir unter und zieht mich zur Seite, in Richtung einer Bank. Sie muss sich setzen. Ihre Assistenten durchbohren mich regelrecht mit Blicken, voller Misstrauen, voller Ungeduld. Ich bringe ihren Zeitplan durcheinander.

Xenon
F-327
an
E-027
Überwachung der Kontrollsysteme

29. Oktober 2065, 18:39 Uhr
Ein Unbekannter hat eine Recherche im Archiv von Saint-Port durchgeführt. Sie wurde heute von 17:11 bis 18:27 vorgenommen.

Dabei ging es um folgende Personen und Themen:
Kolaux Emil
Kolaux Clementine
Kolaux Jean-Pierre
Kolaux Sylvie
Berger Melanie
Organisation PANDA
Sonstige Informationen über die vergangenen fünfzig Jahre

Im Anhang die besuchten Seiten.

29. Oktober 2065, 18:42 Uhr
Ein zweiter Computer hat sich ins gleiche Netz eingewählt, um zeitgleich die oben genannte Recherche nachzuvollziehen.

Melanie

»Was ist denn das für eine Geschichte, mein Junge?«

In diesem Moment frage ich mich, warum ich mich bloß verraten habe. Aber sie ist eine alte Freundin, und ihr muss ich doch vertrauen können. Denn wenn jemand weiß, was aus mir geworden ist, dann sie.

»Ehrlich gesagt, ist das ein bisschen schwer zu erklären. Und vor allem noch schwerer zu verstehen.«

Kurz und knapp erzähle ich ihr von meinem Abenteuer, für das sie zu einem großen Teil mitverantwortlich ist. Einige Details verschweige ich natürlich, wie zum Beispiel das schwarze Loch, durch das man von einer Zeit in die nächste reisen kann. Da bin ich besser vorsichtig. Ich spüre allerdings ihr Misstrauen. Um sie zu überzeugen, muss ich sie an gemeinsame Erlebnisse aus der Schule erinnern, Sachen, die Großeltern niemals ihren Enkeln erzählen würden. An ihrem Gesichtsausdruck erahne ich, dass sie langsam anfängt, mich ernst zu nehmen.

»Emil? Bist du es wirklich?«

»Wenn ich es dir doch sage.«

»Wow! Du bist wirklich der Oberhammer! Das hätte ich dir nicht zugetraut …«

Auf einen Schlag ist sie wieder fünfzehn.

»Aber wie …?«

Tausend Fragen liegen ihr auf der Zunge, aber ich unterbreche sie: »Die Sache mit dem Versager, weißt du noch? Ich habe das gestern erlebt. Wirklich gestern. Und wenn mir jemand etwas erzählen kann, dann bist ja wohl du das.«

Melanie nickt bedächtig.

»Ja, ja. In der Tat. Und … du willst wissen, was passiert ist?«

»Was mit mir passiert ist, ja.«

»Ich weiß nicht, ob es so gut ist, die eigene Zukunft zu kennen.«

»Ende der Diskussion, Mel. Ich ertrage das schon. Und nach meiner Rückkehr könnte ich dir die eine oder andere Info zukommen lassen.«

»Tatsächlich? Das könnte vielleicht nicht schlecht sein …«

Sie überlegt einen Moment, zögert und fährt dann fort: »Sag mir, dass ich mich vor Rodolphe in Acht nehmen soll.«

»Der schöne Rodolphe?«

»Ihr seid alle eifersüchtig auf ihn, aber ich weiß jetzt, dass … sag der fünfzehnjährigen Melanie jedenfalls, dass sie die Finger von diesem Typen lassen soll. Das wird mir viel Ärger ersparen …«

»Ist notiert. Gut, und was ist aus mir geworden?«

Die Stunde der Wahrheit. Ich habe die Frage einfach so gestellt, aber plötzlich fürchte ich mich vor der Antwort.

»Du bestehst dein Abi. Beim ersten Anlauf.«

»Und dann?«

»Du gehst an die Uni … und danach verliert sich deine Spur.«

»Gar keine?«

»Ähm … ja.«

Ich bin enttäuscht. Das ist alles? Ich habe auf mehr Informationen gehofft. Sie erzählt noch von einigen Klassenkameraden, deren Schicksal mich aber nicht weiter interessiert. Und dass sie wirklich Thomas geheiratet hat, der demnach Alaskas Großvater ist. Ohne dass ich sagen kann, warum, bin ich erleichtert. Aber ich will nicht abschweifen, also unterbreche ich sie:

»Und meine Eltern?«

Sie hält in ihrem Redefluss inne und wirkt etwas verlegen, wobei sie für einen Augenblick wieder zu der alten Frau wird.

»Weißt du das mit deiner Mutter nicht?«

Ich schüttele den Kopf. Ich habe Angst vor dem, was sie mir sagen wird, obwohl ich es schon ahne. Melanie legt ihre faltigen Hände auf meine.

»Sie wurde 2014 von dem Tsunami verschlungen. Der hat damals alles verwüstet …«

Sie berichtet, dass die Flutwelle Hunderte von Einwohnern mit sich gerissen hat, aber ich höre nicht mehr zu, niedergeschmettert von einer Katastrophe, die sich noch gar nicht zugetragen hat – sie wird meine Heimat erst in vier Jahren heimsuchen. Ganz klar: Wenn ich in die Gegenwart zurückkehre, werde ich meine Eltern so lange nerven, bis wir umziehen. Melanie fährt fort.

»Ich war an der Uni, als es passierte. Hinterher habe ich erfahren, dass dein Vater daran verzweifelt ist, das Leben hatte für ihn danach jeden Sinn verloren.«

»Ist er …?«

»Nein, er lebt noch. Sehr zu seinem Leidwesen.«

»Wie das?«

»Er wohnt in der *Silbermöwe*, einem Altenheim für Seeleute. Aber … Wenn du ihn besuchen möchtest, er wird dich nicht erkennen. Er erkennt niemanden mehr. Er ist nur noch eine leere Hülle.«

Rumms. Melanie scheint zur Überbringerin schlechter Nachrichten geworden zu sein. Natürlich kann mein Vater mit siebenundneunzig nicht mehr der Held der Meere sein, wie ich ihn kenne, und ich gestehe, dass ich daran bei meiner Zeitreise gar nicht gedacht habe. Zum ersten Mal wird mir klar, dass ich hier fehl am Platz bin. Mein Elan ist verflogen, ich wage kaum noch, weitere Fragen zu stellen.

»Und Clementine?«, starte ich halbherzig einen letzten Versuch.

»Deine Schwester? Ich habe eine Zeit lang ihrer Organisation angehört, PANDA. Pro Tierschutz. Aber dann haben sich unsere Wege getrennt. Mir war klar geworden, dass man in die Politik gehen muss, wenn man wirklich etwas verändern will.«

»Das ist dir ja gelungen, wie es aussieht.«

»Na ja. Ich habe gewonnen, ich habe verloren. Das ist jetzt meine vierte Amtszeit als Bürgermeisterin. Aber ich denke, es wird wohl die letzte sein. Du wirst selbst sehen, mit siebzig fällt alles schwerer.«

»Ja, klar, Großmutter.«

»Hör auf mit dem Quatsch, Emil. Wir waren gleich alt, aber hier bin ich auf der anderen Seite des Lebens, verstehst du? Ich hatte schöne Jahre. Es ging auf und ab, Schmerzen und Trauer, aber auch Freude und Glück. Wenn ich die Zeit zurückdrehen könnte, würde ich zu gerne noch mal aufs Gymnasium gehen, Arbeiten schreiben oder wegen eines lächerlichen Deutschtests ausflippen …«

Ihr Blick gleitet an mir herunter und fällt dann auf ihre Enkelin, die zusammen mit den beiden Anzugträgern auf uns wartet. Einen Augenblick wirkt sie verträumt. Das ist zwar rührend, aber ich bin nicht hier, um mir ihre Weisheiten über Liebe, Tod und die ach so schnell verstreichende Zeit anzuhören. Ich bin fünfzehn. Jetzt.

»Clementine?«, hake ich noch mal nach.

»Hmm. Die Fronten verhärteten sich, und sie hat schließlich gegen alle und alles gekämpft: gegen die Verschmutzung der Meere, gegen Energieverschwendung, Genmanipulation, das Ozonloch, die Bedrohung der Artenvielfalt, und, und, und.«

»Oh Mann, das ist ja eine ganze Menge.«

»Allerdings, sie hat nahezu der ganzen Welt den Krieg erklärt.«

»Und …?«

»Nun, wie du dir sicher vorstellen kannst, war die Welt davon nicht gerade begeistert. Vor allem in der ersten Zeit hat sie mit einigen spektakulären Aktionen Erfolg gehabt, was sie dazu ermutigte, immer waghalsigere Proteste ins Leben zu rufen. Damals spielte sie noch mit offenen Karten.«

»Das heißt?«

»Sie und die anderen Mitglieder der Gruppe haben sich auf Autoausstellungen an die Fahrzeuge gekettet, Hafeneinfahrten blockiert, Fabriken lahmgelegt … Alles tollkühne Aktionen von motivierten Naturschützern.«

Auch wenn wir nicht immer einer Meinung sind, muss ich doch anerkennen, dass meine Schwester ganz schön mutig ist. Und Ideen hat.

»Das finde ich eigentlich gar nicht so schlecht.«

»Ja, aber viele hat das auch gestört. Die Fabrikbesitzer haben sie verklagt, und damit fingen die Probleme an. Zu Beginn haben die Gerichte die Aktionen noch gutgeheißen. In einem Urteil hieß es zum Beispiel: ›PANDA wird von dem ehrenhaften Wunsch motiviert, unseren Planeten und sein ökologisches Gleichgewicht zu erhalten‹.«

»Wo ist das Problem? Sie hat die Prozesse gewonnen, oder?«

»Anfangs schon. Aber die Kläger konnten die Urteile nicht akzeptieren, weil sie ihr oberstes Ziel infrage stellten: Geld verdienen. Und deshalb …«

»Ja?«

»Ich weiß nicht, ob ich mit dir so darüber reden kann, das ist kompliziert …«

»Mach schon, Mel! Ich bin weit gereist, um das zu erfahren!«

Melanie zögert, sie wirkt unsicher. Von der Seite beobachtet uns Alaska, mehr neugierig als wütend. Jetzt nähern sich auch die beiden Assistenten, gerade als es spannend wird. Die ganze Zeit schon blicken sie alle zwei Minuten demonstrativ auf ihre Armbanduhren, um ihrer Chefin deutlich zu machen, dass sie spät dran sind.

»Wir müssen jetzt wirklich gehen, Frau Bürgermeisterin. Ihr Termin …«

»Sie haben recht, Hubert. Ich komme schon …«

Das Aufstehen macht ihr etwas Mühe. Melanie ist wieder

Madame Berger, Bürgermeisterin von Saint-Port II, siebzig Jahre alt. Ich halte sie am Ärmel fest.

»Du bist noch nicht fertig, Melanie.«

»Wie? Oh, ja, ja … Aber ich muss jetzt wirklich los. Hör mal, komm doch morgen zu mir ins Rathaus, dann erzähle ich dir alles, was ich weiß.«

Ohne ein weiteres Wort lässt sie mich stehen und trippelt zum Wagen, den ein Assistent vorgefahren hat. Ich habe das dumpfe Gefühl, dass sie vor mir flüchtet, genau in dem Moment, als sie mir erzählen wollte … ja, was eigentlich? Sie drückt ihrer Enkelin einen Kuss auf die Stirn, und bevor sie in die schwarze Limousine steigt, zwinkert sie mir ein letztes Mal zu. Dann braust der Wagen los, eine dicke, stinkende grüne Abgaswolke hinter sich herziehend.

»Hast du deine Erinnerung wiedergefunden?«

Alaska kommt näher, in ihrem Blick liegt eine Mischung aus Misstrauen und Neugier.

»Zum Teil schon.«

»Und meine Großmutter hat deinen Neuronen auf die Sprünge geholfen.«

»Genau. Sie hätte Ärztin werden sollen.«

Alaska schüttelt den Kopf nach dem Motto: Schon klar, vor allem, dass du mich für bescheuert hältst. Das fehlt mir jetzt noch, dass sie mir Vorwürfe macht.

»Dann brauchst du mich ja nicht mehr«, sagt Alaska.

»Na ja …«

Ein ungutes Gefühl steigt in mir hoch. Schlechtes Gewissen? Ein mehr als hübsches Mädchen hat mir sehr dabei geholfen, bis hierher zu kommen, und ich lüge ihr mitten ins Gesicht.

»Lass es gut sein, schon kapiert. Unsere Wege trennen sich. Das trifft sich gut, denn ich bin weder bei der Touristeninformation noch Krankenschwester. Ich habe ohnehin noch was zu erledigen … brauche schließlich Ersatz fürs Gemüsebusiness. Also, tschüss!«

Sie dreht mir brüsk den Rücken zu. Habe ich sie beleidigt? Ich hätte vielleicht doch mit ihr reden sollen. Ihr alles erklären. Aber außer, dass ich keine Ahnung habe, wohin mich diese Geschichte führen wird, weiß ich nur eins: Ich gehöre nicht ins Jahr 2065. Früher oder später muss ich in meine Zeit zurück. Trotz Alaskas jadegrüner Augen.

Der Platz vor dem Archiv ist menschenleer, nur Alaska geht vor mir. Ein wirklich schöner Name: Alaska. Und ich Blödmann habe ihr zu verstehen gegeben, dass ich sie nicht mehr brauche. Dabei brauche ich sie in diesem Moment mehr denn je. Wohin soll ich gehen in dieser fremden Stadt? Besser, ich lege einen Zahn zu und sage ihr die Wahrheit, Vorsicht hin oder her. Vielleicht weiß sie etwas über meine Schwester. Oder sie kann ihre Großmutter fragen, die offensichtlich mehr weiß, als sie zugeben will. Ich gehe schneller. Alaska ist nur noch etwa zehn Meter vor mir. Doch bevor ich sie erreiche, springt sie in eine Straßenbahn, die Türen schließen sich, und weg ist sie. Ich bin mutterseelenallein und irgendwie traurig. Traurig und vollkommen verloren.

Xenon
E-027
an
G-413

Betreff: Verstärkte Überwachung

Die Informationen über das Zielobjekt haben wir erhalten. Die Recherchen sind von einer unbekannten Person durchgeführt worden. Gehen Sie zur Überwachungsstufe Orange über. Sie werden Verstärkung erhalten. Versuchen Sie, den Urheber der Recherche zu ermitteln.
Schicken Sie den Bericht bitte umgehend an mich. Die Zeit drängt.

Saint-Port bei Nacht

Als ich den Platz vor dem Archiv verlasse, färbt die Abendsonne den Himmel gelb. Ich atme tief ein, um die Mutlosigkeit zu verscheuchen, die heimtückisch meine Stimmung zu trüben beginnt. Als Ermittler bin ich eine Null: Ich habe alles versaut und die beiden einzigen Menschen, die mir etwas über meine Zukunft hätten sagen können, vor den Kopf gestoßen. Ich habe nicht die geringste Ahnung, wie es jetzt weitergehen soll. Wo soll ich noch suchen? Bis jetzt habe ich keine einzige Spur. Und als Reisender zwischen den Zeiten bin ich auch nicht besser: Die Nacht bricht herein, ich habe ein hübsches Mädchen vergrault, und jetzt überwältigt mich die Einsamkeit. Dazu habe ich auch noch ein ganz praktisches Problem: Wo soll ich bloß schlafen? Auf gut Glück gehe ich los.

Unterwegs denke ich über das nach, was Melanie mir gesagt hat. Im Archiv werde ich nichts Neues mehr finden. Höchstens Clementine könnte mir weiterhelfen, aber wie sollte ich sie finden? Ich habe nicht die geringste Idee, wo sie heute lebt. Aber Moment – sie ist meine Zwillingsschwester, und wenn sie einem unserer Geheimnisse treu geblieben ist, dann müsste ich sie aufspüren können …

Als wir sechs oder sieben Jahre alt waren, hatten wir in ihrem Zimmer einen Hohlraum hinter einer schlecht angebrachten Fußleiste entdeckt. Ein Loch, etwa zehn Zentimeter groß, das wir »die Grotte« tauften und in dem wir unsere kostbarsten Schätze aufbewahrten: einen toten Käfer in einer Streichholzschachtel, eine mit Nadeln gespickte einäugige Puppe und drei zerdrückte Schokoriegel als Reserve für schlechte Zeiten. Dann hatte mir ein Freund von Clementine eines Tages einen Brief für sie gegeben. Ich hatte ihn einfach auf ihren Schreibtisch gelegt, aber natürlich hat nicht sie ihn gefunden, sondern unsere Mutter, die nicht gerade einfühlsam war. Als sie ihn las, wurde sie feuerrot und regte sich fürchterlich auf, was wir sehr ungerecht fanden, weil wir den Brief selbst noch gar nicht gelesen hatten. An diesem Tag haben wir uns geschworen, dass wir vertrauliche Nachrichten immer in der Grotte deponieren würden.

Fünfundfünfzig Jahre später, nach mehreren Tsunamis und der nachfolgenden kompletten Überflutung, dürften die Schätze versteinert sein. Aber wenn meine Schwester mich hätte treffen wollen – vorausgesetzt, wir hätten uns nicht aus den Augen verloren –, dann hätte sie mir eine Nachricht in der Grotte hinterlassen, da bin ich sicher. Niemand außer uns kannte das Versteck.

Auf jeden Fall ist die Grotte im Augenblick meine einzige Hoffnung, auch wenn es ein bisschen blöd klingt. Aber jetzt kommt mein Problem: Unser Geheimversteck befindet sich mit Sicherheit fünf bis sechs Meter unter dem Meeresspiegel, in der verbotenen Zone.

Genau genommen ist das nicht mein einziges Problem. Es

gibt noch ein dringenderes. Ich habe Hunger. Immerhin liegt meine letzte Mahlzeit bei Wladimir schon fünfundfünfzig Jahre zurück … Ich brauche etwas zu essen. Aber woher? Ich schlendere durch die blitzsauberen Straßen. Keine Bäckerei, kein Supermarkt, aber dann entdecke ich ein Bistro. Ich gehe hinein und setze mich an einen Tisch, ohne zu wissen, was mich hier erwartet. Es ist nicht viel los, nur zwei Gäste, die mich mit einem gleichgültigen Blick streifen.

»Bestellung?«

Kellner sind in den letzten fünf Jahrzehnten also auch nicht freundlicher geworden.

»Hmm, einmal Schinken mit Butter.«

»Wie bitte?«

»Ein Sandwich mit Schinken. Und Butter.«

Sicher das Beste, etwas Einfaches zu bestellen. Falsch gedacht. Der Kellner dreht sich zum Tisch der beiden anderen Gäste.

»He, Jungs! Der Herr will einmal Schinken mit Butter!«

Meine Bestellung sorgt offenbar für Heiterkeit. Irgendetwas muss ich falsch gemacht haben.

»Hast du überhaupt Geld, Kleiner?«, der Kellner wirkt plötzlich misstrauisch.

Vorsichtig ziehe ich eine Ein-Euro-Münze aus der Hosentasche, und hoffe, dass sie noch etwas wert ist. Immerhin wird ja jetzt mit Ökos gezahlt … Der Kellner wird schlagartig ernst. Er nimmt die Münze in die Hand, mustert sie mit Expertenblick und steckt sie blitzschnell ein. Dabei raunt er mir zu: »Alles klar … Dafür kannst du zwei Schinkensandwiches haben. Und sogar noch ein Glas Wasser dazu.«

Bevor ich mich bedanken kann, ist er verschwunden. Komisch. Sind Dinge aus dem Jahre 2010 fünfundfünzig Jahre später tatsächlich so viel wertvoller geworden? Hätte ich für den Euro womöglich sogar ein richtiges Essen bekommen? Oder noch mehr? Habe ich mich über den Tisch ziehen lassen?

Das Sandwich ist trocken, die hauchdünne Scheibe Schinken schwitzt, und die Butter ist flüssig. Kein Wunder bei der Hitze. Ein Highlight der Kochkunst. Dazu ein Glas lauwarmes Wasser, das nach Putzmittel schmeckt. Einfach ekelhaft. Aber ich habe Hunger. Ich schlinge das Sandwich runter und verlasse das Bistro. Satt bin ich allerdings noch nicht. An der Tür ruft mir der Kellner mit geschäftstüchtigem Lächeln hinterher: »Beehr uns bald wieder, Kleiner!«

Ein wahrer Freund – und so selbstlos.

Draußen ist die Nacht hereingebrochen und die Temperatur etwas erträglicher. Zu spät, um Saint-Port zu erkunden. Außerdem habe ich nicht den Mut, die ganze Strecke durch die Dunkelheit zurückzulaufen. Ich muss einen Schlafplatz finden, alles andere ergibt sich dann morgen. Nach Dréanzé dürfte es gar nicht so weit sein, ich könnte dorthin zurückkehren, bei Wladimir im Jahr 2010 zu Abend essen und schlafen und dann frisch und ausgeruht erneut ins Jahr 2065 aufbrechen. Ach was! Bei diesen Temperaturen überstehe ich auch eine Nacht im Freien. Ich gehe nach Westen, dorthin, wo die Sonne inzwischen untergegangen ist.

Gar nicht so einfach, sich in der Dunkelheit zurechtzufinden. Es ist stockdunkel, und Straßenlaternen scheinen nicht mehr aktuell zu sein, es gibt nämlich keine. Hin und wieder knattert ein stinkendes Auto an mir vorbei, dann wird die Straße kurz von den Scheinwerfern erleuchtet. Sonst ist die Stadt ziemlich finster. Finster und ruhig. Sehr ruhig.

Nach etwa zehn Minuten habe ich den Eindruck, dass mir jemand folgt. Nur wenige Schritte hinter mir. Ich werde langsamer. Mein Verfolger auch. Ich gehe nach links, er ebenfalls. Mein Magen verkrampft sich. In Filmen sind solche Situationen immer cool. In der Realität jedoch sieht das anders aus. Ich habe eine Riesenangst, aber ich weiß, was der Held im Film jetzt machen würde: An der nächsten Kreuzung hinter einer Hausecke verstecken, und wenn der Verfolger dann auf gleicher Höhe ist … So läuft das, mache ich mir Mut. Ich werde ihn an der Gurgel packen und sagen: »Na, mein Junge, hast du dich verlaufen?« Oder etwas ähnlich Lässiges. In seiner Panik packt der Typ dann aus, und ich verpasse ihm eine. So weit die Theorie. Aber gerade kann ich nur an eins denken: abhauen.

Alle Sinne in Alarmbereitschaft, suche ich nach einer Fluchtmöglichkeit. Enge, verwinkelte Gassen wären jetzt ideal, aber in dieser neuen Stadt gibt es nur schnurgerade, breite Straßen. Zum Glück ist es dunkel. Ich biege spontan nach rechts ab, dann nach links, dann wieder nach rechts. Ich schaue in die Schaufenster. Ich werde unmerklich schneller. Niemand hinter mir. Gespenstische Stille. Ich bleibe stehen, gehe weiter. Drehe mich um. Niemand. Uff. Doch irgendetwas stimmt hier nicht. Die Stadt ist einfach zu sauber, zu steril, die Zukunft macht mir Angst. Aber ich darf nicht lange überlegen, nicht trödeln, ich muss nach Saint-Port. Vorbei an immergleichen Häusern, eines wie das andere, und ehe ich mich versehe, bin ich schon am Stadtrand. Dann gehe ich wieder Richtung Westen und biege links ab, um …

Da ist er. Die Hände in den Taschen. Ein ironisches Lächeln auf den Lippen.

»Hey, Kleiner.«

Einer der beiden Typen aus der Kneipe. Instinktiv umklammere ich meinen Schlüsselbund in der Hosentasche und murmele ein vorsichtiges: »Hallo.«

»Nett, dich wiederzusehen. Ich bin übrigens auch Sammler.«

»Ach?«

»Ja, bevorzugt Gegenstände vom Anfang der 2000er-Jahre. Mein Geschmack. Aber die sind teuer. Sehr teuer. Leider kann ich mir das meiste nicht leisten. Hast du was, zu einem günstigen Preis?«

Ich umklammere meinen Rucksack und gehe einen Schritt zurück.

»Nein. Ich habe nichts zu verkaufen.«

»Nicht mal alte Münzen?«

»Nein, die sammele ich selbst …«

»Okay, okay, ich will ehrlich sein, Kleiner. Ich habe ein bisschen geflunkert. Ich handele mit Antiquitäten. Irgendwovon muss man ja schließlich leben, oder? Wer in diesen Zeiten einen Job finden will, der muss früh aufstehen.«

Mir wird plötzlich klar, dass die Zukunft auch nicht besser ist als die Gegenwart. Arbeitslosigkeit, Armut, Angst ums Überleben, es sieht so aus, als ob sich die Situation in den letzten fünfundfünfzig Jahren nicht großartig geändert hätte. Aber das ist trotzdem kein Grund, mich übers Ohr hauen zu lassen.

»Verstanden, aber es tut mir leid. Ich mache keine Geschäfte.«

Ich gehe noch einen Schritt nach hinten und mache weiter auf ahnungslos, als ich spüre, dass da noch ein anderer Mann hinter mir ist.

»Hoppla! Entschuldige bitte, Kleiner!«

Ich drehe mich um. Ein Unbekannter lächelt mich scheinheilig an und lässt schwarze Zahnstummel hervorblitzen.

»Der Herr ist Antiquitätenhändler«, erklärt er dem Ersten.

Ganz klar, die beiden Typen haben mir eine Falle gestellt, und man kann nicht gerade behaupten, dass die Situation besonders gut für mich aussieht. Trotzdem versuche ich einen strategischen Rückzug.

»Ich bin schon ziemlich spät dran …«

»Kein Problem, Kleiner. Lass einfach dein Gepäck hier. Wir suchen uns was aus.«

Der Erste zerrt an meinem Rucksack. Ich wehre mich und ernte einen Tritt ans Knie. Eine Faust trifft mich im Nacken. Dunkelheit. Ich stürze, lasse aber trotzdem nicht los. Am Boden liegend wehre ich mich mit Händen und Füßen. Aber der Absatz eines Schuhs quetscht mir die Finger, ein Tritt in die Seite nimmt mir den Atem. Meine Kräfte schwinden. Die Schläge trommeln auf mich ein. Ich schmecke Blut und lege schützend die Arme übers Gesicht. Dann gebe ich auf. Die Angreifer verschwinden in der Finsternis.

Mir tut alles weh.

Ich bin allein.

Ich kann mich nicht bewegen und verliere jedes Zeitgefühl.

Was wollte ich eigentlich hier?

Bin ich vielleicht wirklich ein Versager?

Xenon
G-413
an
E-027

Betreff: Verstärkte Überwachung

Das zu überwachende Objekt scheint zur Familie der Zielperson zu gehören. Ein Enkel oder ein Urenkel vielleicht. Seine Kontaktperson ist die Enkelin der Bürgermeisterin (zu überwachendes Objekt 2).
Wir nähern uns Objekt 1.

Dwight Mirienko

»Hey, Kumpel, gibt's Probleme?«

Eine Stimme. Vorsichtig quäle ich mich hoch und öffne ein Auge. Ein Mann kauert neben mir und mustert mich besorgt.

»Du meine Güte! Wolltest du einen Lastwagen aufhalten? Dein Auge sieht ja aus wie eine Aubergine und deine Lippen wie zwei Würste. Das ist kein Gesicht mehr, sondern eher eine gut belegte Pizza.«

Ich fahre mit der Zunge über meine aufgeplatzten Lippen. Es tut weh. Der Unbekannte hilft mir auf die Beine.

»Du solltest dich in diesem Viertel lieber nicht rumtreiben. Vor allem nicht im Dunkeln. Wo wohnst du?«

»Ich … ich mache hier Urlaub …«

»In Saint-Port? Seltsame Idee. Im Hotel? Soll ich dich hinbringen?«

»Ehrlich gesagt, war ich gerade dabei, mir eins zu suchen. Nicht zu teuer.«

Erstaunlich, wie schnell mir eine Lügengeschichte einfällt, um zu erklären, was ich ganz alleine hier mache, mit meinem Pizzagesicht. Ich fahre fort: »Aber jetzt, ganz ohne Geld … habe ich ein Problem.«

Der Unbekannte mustert mich und kratzt sich am Kopf.

»Und natürlich kennst du auch niemanden hier.«

»Nein, keine Menschenseele.«

Höchstens Alaska vielleicht. Aber auf die will ich echt nicht zurückgreifen. Und außerdem habe ich keine Ahnung, wo sie wohnt.

»Ich sehe zwei Möglichkeiten: erstens die Polizei. Du erklärst ihnen, was passiert ist, sie benachrichtigen deine Familie und finden eine Lösung.«

»Oder zweitens?«

»Du übernachtest bei mir, und morgen siehst du dann zu, wie du alleine zurechtkommst.«

»Und warum helfen Sie mir?«

»Wenn ich in deiner Situation wäre, würde ich mir auch wünschen, dass sich jemand um mich kümmert und mich nicht einfach auf dem Bürgersteig liegen lässt. Was die Polizei angeht … die sehe ich auch lieber aus der Ferne.«

Die Entscheidung fällt mir nicht sonderlich schwer: Ich werde nicht zur Polizei gehen und ihnen meine Situation erklären. Die würden mich postwendend zum Psychologen schicken. Mit irgendwelchen Lügengeschichten bräuchte ich gar nicht erst anzukommen. Sie kämen mir sicher schnell auf die Schliche.

»Ich will nicht stören«, sage ich.

»Keine Sorge, es ist ja nur für eine Nacht. Aber wir müssen jetzt los. Ich komme aus dem Nordteil der Stadt. Hier sind wir im Westen. In diesem Viertel kenne ich mich nicht aus …«

Mein Helfer heißt Dwight Mirienko. Seine Wohnung liegt am Stadtrand, in einem der Viertel, die entstanden sind, nachdem die Stadtplaner verschwunden waren. Die Wohnung ist zwar klein, hat aber alles, was man zum Leben braucht. Hinter einer nachträglich eingezogenen Wand gibt es eine Matratze, einen Herd und einen Kasten, der wie ein Kühlschrank aussieht. Ansonsten liegt ein Haufen altes Zeug herum. Dwight räumt einiges zur Seite, um Platz für mich zu machen.

»Ich lebe davon«, presst er hervor und verzieht schuldbewusst das Gesicht.

»Vom Handel?«

»Eher Tausch. Alte Sachen …«

Ich werde hellhörig. »Das machen diese beiden Typen doch auch.«

»Kein Wunder. Bei zehn Milliarden Menschen auf unserem Planeten gibt's nicht genug Arbeit für jeden. Vor allem nicht in Gegenden wie hier, wo nichts mehr wächst. Wir müssen uns eben durchschlagen. Wir sammeln ausgemustertes Zeug und hoffen, dass wir es reichen Leuten andrehen können, die auf die Vergangenheit stehen. Selten gewordene Maschinen und so.«

»Und woher hast du den ganzen Plunder?«

Er lächelt und überlegt kurz, bevor er antwortet. »Ich wurschtele mich so durch, habe ich doch schon gesagt. Willst du was essen?«

Von irgendwoher zaubert er ein paar undefinierbare Fladenbrote hervor und baut eine Batterie Bierflaschen auf dem Tisch auf. Nicht gerade mein Ding, aber ich tue so, als wüsste ich Bescheid: »Lassen wir's krachen!«

»Du hast echt eine komische Art zu reden«, sagt er und reicht mir ein Bier.

Ich nehme einen Schluck und verdrehe die Augen wie ein echter Experte. Das Bier ist bitter, aber es erfrischt und tut gut.

»Ehrlich gesagt, beschaffe ich meine Ware nicht immer legal … ich suche auch in gesperrten Gebieten.«

»Aha.«

»Ja, ich habe mich auf die überfluteten Küstenorte spezialisiert. Durch den Anstieg des Meeresspiegels gibt es hier ja einige.«

»Aha«, wiederhole ich etwas dümmlich.

»Und in jeder verlassenen Stadt gibt's was zu holen. Türknäufe, Kerzenleuchter … meistens wertloses Zeug.«

»Sie sammeln also nur Erinnerungsstücke …«

»Mehr oder weniger. Ich weiß, dass ich gegen das Gesetz verstoße, aber ich schade niemandem, und dank mir erhalten die Fundstücke ein zweites Leben. Andere Menschen freuen sich darüber. Und ich habe was zu essen.«

Ein Glückstreffer. Der unbekannte Retter erkundet untergegangene Städte. Ein Profi, der mir helfen kann.

»Das würde ich gerne mal sehen«, versuche ich es.

»Was?«

»Eine Stadt unter Wasser.«

»Sehr gefährlich.«

»Aber bestimmt superspannend!«

Dwight schließt die Augen, um zu verbergen, wie stolz er ist.

»Da ist was dran, das ist ein einmaliges Erlebnis. Dort waren noch nicht viele, das lohnt sich.«

»Kannst du mich morgen mitnehmen?«

Ich duze ihn, das klingt vertraulicher. Sein prüfender Blick scheint mich durchdringen zu wollen.

»Dich, nach Saint-Port? Morgen? Warum sollte ich?«

»Weil du mir seit zehn Minuten davon vorschwärmst.«

Er leert sein Bier in einem Zug.

»Ich überleg's mir. Mal sehen. Und jetzt ab ins Bett!«

In der Schwärze der Nacht versuche ich, abzuschalten und nicht an die letzten vierundzwanzig Stunden zu denken. Ich konzentriere mich auf morgen.

Dwight Mirienko. Nein hat er zumindest nicht gesagt.

Xenon
G-413
an
E-027

Betreff: Verstärkte Überwachung

Kontakt zur Zielperson hergestellt. Er will unbedingt nach Saint-Port. Morgen führe ich ihn hin.

Eine Stadt unter Wasser

Aus der Nähe sieht es noch beeindruckender aus. Die Stadt scheint zum Greifen nah und ist trotzdem unerreichbar. Ich erkenne einen Großteil der mit gelben Flechten überzogenen Gebäude wieder. Die Wohnhäuser ragen kaum noch aus dem Wasser heraus, das Rathaus, die Schule und die Kirche hingegen sind gut sichtbar und werden von überfluteten Straßen miteinander verbunden, ein bisschen wie Venedig, nur unendlich trauriger. Wäre Saint-Port völlig im Wasser verschwunden, wäre der Anblick wahrscheinlich nicht ganz so grausam.

Es ist noch früh, und trotzdem brennt die Sonne erbarmungslos vom Himmel. Wir stehen auf dem Hügel, ganz im Süden der Stadt, genau oberhalb des Fußballstadions, von dem nichts übrig geblieben ist. Hier oben habe ich als Kind Drachen steigen lassen, heute ist der einst sattgrüne, blumenübersäte Hügel von grauweiß verkrusteten Salzpflanzen überwuchert. Das Meer ergreift Stück für Stück Besitz von der Fläche, hat aber noch keinen Sand oder Steine zurückgelassen.

Dwight lässt dieses Horrorszenario völlig kalt, er pumpt ein Schlauchboot auf und verstaut die Taucherausrüstung. Nicht schlecht für einen armen Schlucker wie ihn.

»Das brauche ich alles für meinen Job«, erklärt er augenzwinkernd, als ob er meine Gedanken gelesen hätte. »Können wir los?«

»Hast du keine Angst vor …?«

»Der Polizei? Die ist mittlerweile davon überzeugt, dass es hier nichts mehr zu holen gibt, und kontrolliert nicht mehr so häufig. Die Einzigen, auf die man aufpassen muss, sind meine ›Kollegen‹.«

Während er spricht, lässt er das Boot ins Wasser. Ich habe gerade noch Zeit hineinzuspringen, und schon entfernen wir uns vom Ufer. Als cleverer Schmuggler benutzt unser Kapitän Ruder, was natürlich unauffälliger ist als ein Motorboot. Und das Wasser wird auch nicht so aufgewirbelt, sodass man bis auf den Meeresgrund sehen kann.

Das Meer ist ruhig und das Wasser glasklar. Mit Entsetzen ahne ich, dass sechs, sieben Meter unter uns das Stadion liegt. Das hohe Unterwassergras auf der Spielfläche wird von den Fluten sanft hin und her bewegt. Etwas entfernt ragen die fünf obersten Stockwerke eines Wohnblocks aus dem Wasser wie die Spitze eines Eisbergs aus Stahl und Beton. Oder ein Skelett.

»Das Hochhaus wurde schon tausendmal durchkämmt, aber dort war schon vor dem Tsunami nichts mehr zu finden.«

Wir rudern am Supermarkt vorbei. Der Sturm hat die Blechverkleidung abgerissen, man sieht nur noch das Metallgerüst. Wenn ich daran denke, dass ich hier noch vergangene Woche mit meinem Vater einkaufen war und einen vollbeladenen Einkaufswagen über den Parkplatz geschoben habe … Wir passieren das Kino und kommen ins Stadtzentrum. Mein

Herz zieht sich zusammen, als mir die Gegend immer vertrauter wird. Aber irgendwie fasziniert es mich auch, mein Stadtviertel aus dieser Perspektive zu sehen. Ich komme mir vor, als wäre ich im Luftschiff unterwegs, auf Höhe der zweiten Etage einer Geisterstadt, und blicke in deren in die Höhe ragende Ruinen.

»Inzwischen sind die meisten Straßen systematisch durchsucht worden«, erläutert Dwight. »In den ersten Jahren lohnte sich das richtig, überall gab es was zu holen. Jetzt muss man die Häuser regelrecht auseinandernehmen …«

Beim näheren Hinsehen fällt mir an den von Algen grüngelb gefärbten Hauswänden ein waagrechter Strich auf, der wie mit dem Lineal gezogen scheint.

»Da ist eine seltsame Linie, direkt über dem Wasser.«

»Ja, stimmt. Sieht aus, als wäre der Wasserspiegel leicht gesunken.«

Zwei Straßen weiter biegen wir von der Rue Melville in den Boulevard de la Mer ein, ein treffender Name, jedenfalls jetzt. Dort wohne ich. Jedenfalls wohnte ich dort, im Eckhaus Nummer sechs, das jetzt wie der Bug eines Schiffes wirkt. Um uns herum ist es ruhig wie an einem Novembertag, wenn die Touristenströme versiegt sind. Nur feuchter. Ich beobachte die Bürgersteige unter uns, die Läden ohne Ware, außer der Fischhandlung vielleicht, aus der gerade zwei Barsche auftauchen, ruhig und majestätisch, die kurz zögern, bevor sie die Hausfassade entlangschwimmen. Einen Schaufensterbummel können sie allerdings nicht mehr machen: Es gibt keine mehr.

»Können wir mal näher an eines der Häuser ranfahren?«, frage ich.

Dwight mustert mich aus zusammengekniffenen Augen. »Du hast nicht zufällig einen Hintergedanken dabei, oder?«

»Aber ist das denn nicht dein Job? Die Häuser nach Fundstücken zu durchkämmen?«

»Ja, schon, aber das ist gefährlich. Durch das Wasser sind die Bodendielen morsch und die Wände instabil. Fünfundzwanzig Jahre hinterlassen ihre Spuren. Die Häuser beginnen nach und nach einzustürzen.«

»Das ist mir auch aufgefallen, stimmt. Aber ich würde doch gerne mal hineinschauen. Genau dort. Um zu sehen, wie es drinnen aussieht.«

Spontan zeige ich auf das Eckhaus Nummer sechs, dabei läuft es mir kalt den Rücken runter. Mit seiner Backsteinfassade scheint es gegen die zersetzende Kraft des Wassers besser geschützt zu sein. Dwight schweigt und steuert das Boot langsam auf das Haus zu. Je näher wir kommen, desto deutlicher wird, wie schwierig das Manöver ist. Das Meer hat die zweite Etage überschwemmt, dort haben wir gewohnt. In unsere Wohnung einzudringen ist ziemlich gewagt.

»Der Balkon«, ruft mir Dwight zu, dem mein Zögern nicht verborgen geblieben ist.

Ich nicke. Das Eisengeländer ist mit Sicherheit einfacher zu erreichen als Fenster oder Türen. Sobald das Boot die Hauswand erreicht hat, klammere ich mich am Geländer fest und ziehe mich hoch. Auf dem Betonvorsprung finde ich Halt und trete ein. Ich stehe in der Wohnung der Ferrands, der Nachbarn über uns aus dem dritten Stock.

Einladend sieht das nicht gerade aus. Im Gegenteil, hässlich blaugrün. Das Parkett ist aufgequollen und löst sich immer mehr vom Untergrund, die Tapete hat sich von den Wänden gerollt und liegt wie zusammengekauerte Schlangen am Boden. Die Wohnung ist total leergeräumt, nichts mehr da, selbst Tür- und Fenstergriffe sind abgeschraubt. So dürfte es überall aussehen, wo man so leicht hineinkommt wie hier. Ich bewege mich langsam, mit dem beklemmenden Gefühl, in einer Parallelwelt zu sein: Die Wohnung sieht genauso aus wie früher, und trotzdem ist alles ganz anders. Wenn ich die letzten vierundzwanzig Stunden nicht live erlebt hätte, käme ich mir vor wie in einem dieser billigen Horrorfilme, wo im Nebenzimmer die Zombies lauern. Und genau in dem Moment, als ich daran denke, höre ich ein Geräusch. Ganz deutlich. Es kommt aus dem Nebenzimmer.

Bei Maurice

Täusche ich mich? Nach allem, was diese Gebäude erlebt haben, ist es nur logisch, dass sie an allen Enden und Ecken knacken und knarren. Das rede ich mir jedenfalls ein, als Dwight sich zu mir gesellt, nachdem er das Boot angebunden hat.

»Ist was?«, fragt er.

»Nö«, antworte ich, wobei ich versuche, nicht mit den Zähnen zu klappern.

Vorsichtig gehe ich ins Nebenzimmer. Auch leer. Ich atme tief durch, und mein Puls beruhigt sich wieder. Ich hatte richtig Schiss.

»Nichts zu holen, wie du siehst«, meint Dwight.

»So sieht's aus.«

Ich nähere mich der stark beschädigten Tür und setze einen Fuß auf den Treppenabsatz. Hier im Treppenhaus ist das Plätschern des Wassers wieder stärker zu hören. Ich denke an die Wohnung direkt darunter. Unsere Wohnung. Ich starre auf die Stufen, die knapp vor meinen Füßen im grünen Wasser verschwinden. Habe ich den Mut, da runterzusteigen? Es geht nicht anders, deshalb bin ich hier. Ich will etwas finden, ein Indiz, das mir verrät, wo ich weitersuchen soll.

»Hast … hast du eine Tauchermaske, Dwight?«

»Du willst hier tauchen? Vergiss es. Ein unnötiges Risiko.«

Dwight wirft mir wieder diesen Blick mit dem einen zusammengekniffenen Auge zu, offenbar seine Methode, jemanden einzuschätzen.

»Wenn's sein muss. Im Boot sind welche«, sagt er schließlich und zuckt mit den Schultern.

Aber als er zum Fenster geht, ist aus dem Stockwerk über uns eine Stimme zu hören:

»Er hat völlig recht, das bringt nichts.«

Ich habe mich nicht getäuscht: Wir sind also doch nicht allein hier! Diese Stimme …

»Alles leer. Ich war schon drin.«

»Alaska?«

»Das Beste, was du dort unten finden kannst, ist ein Backstein oder eine morsche Bodendiele. Kurze Aktennotiz: Wir sollten besser …«

Meine Komplizin von gestern taucht schließlich vor uns auf, mit bis übers Knie hochgekrempelter Hose, Sandalen und einem übergroßen T-Shirt. Lässig schlendert sie die Treppe runter, eine Umhängetasche über der Schulter, die Hände tief in den Taschen vergraben.

»Was machst du da, Sardine?«, fragt Dwight.

»Das Gleiche wie du, Hering. Ich bin auf der Jagd nach Erinnerungen.«

»In dieser Ruine? Hier ist schon alles abgegrast.«

»Kann schon sein. Aber warum seid ihr dann hier, Jungs?«

Ich komme mir vor wie im Wilden Westen beim Showdown in *Lucky Luke*. Wobei ich sicher bin, dass das nicht das erste Duell der beiden Rivalen ist. Aber das hindert mich nicht daran, mein Ziel weiterzuverfolgen: die Wohnung im zweiten Stock. Wenn die Mauern und die Zwischendecke dreißig Jahre lang gehalten haben, dann halten sie auch noch einen Tag länger. Und wenn das Gebäude wirklich einstürzen sollte, dann wären wir hier im dritten Stock auch nicht sicher. Als ich wieder ins Treppenhaus gehe, stelle ich fest, dass der Wasserspiegel erneut deutlich zurückgegangen ist. Eigenartig. Aber besser so, denn jetzt gelange ich ohne Tauchermaske in unsere Wohnung.

Im Wohnzimmer hängen noch Papierfetzen an der Wand, Reste der Tapete, die mein Vater letzten Monat angekleistert hat. Jedenfalls nach meiner Zeitrechnung. Ansonsten sind die Wände mit Moos und Flechten überzogen, was den Raum gespenstisch aussehen lässt. Winzigkleine Muscheln säumen den Fenstersims, der Rest der Wohnung ist komplett verwüstet. Ich werfe einen kurzen Blick in mein Zimmer, wo es absolut nichts zu sehen gibt, und gehe dann direkt weiter zu Clementine. Dort befindet sich unser Versteck, die »Grotte«.

Eines Tages hatte mir meine Schwester ein Geheimnis anvertraut. Falls das Schicksal es nicht gut mit ihr meinen würde, sollte ich diesen Ort aufsuchen. Dort würde ich ihre Tagebücher finden und alles, was ihr sonst noch wichtig ist. Ich musste gefühlt tausend heilige Eide schwören, dass ich ansonsten nicht einmal im Traum daran denken würde, auch nur einen flüchtigen Blick hineinzuwerfen. Ihr Blick, ihr Tonfall, alles hatte mir zu verstehen gegeben, dass es ein unverzeihlicher Vertrauensbruch wäre, einen solchen Schwur zu brechen. Und ich habe mich an mein Versprechen gehalten. Um ehrlich zu sein, haben mich Mädchenangelegenheiten zu dieser Zeit auch nicht besonders interessiert.

Die Grotte liegt unter dem Fenster hinter der losen Fußleiste, dort wo Clementine ihr Bett gegen die Wand geschoben hatte.

Das immer weiter sinkende Wasser hat das Versteck freigelegt. Ich gehe näher, taste die Wand ab, finde aber nichts außer glitschigen Flechten und zerbröseltem Gips. Nichts. Keine Schätze, keine Nachricht, auch sonst nichts. Ich hatte insgeheim gehofft, dass Clementine mir irgendetwas hinterlassen hätte. Aber warum hätte sie das tun sollen? Vielleicht will sie jetzt keinen Kontakt mehr zu mir? Ich hätte mich an die *Silbermöwe* wenden sollen. Selbst wenn mein Vater nicht mehr in der Lage sein sollte, mir etwas zu erzählen, vielleicht wissen seine Pfleger was? Meine Gedanken spielen verrückt. Lässt der ältere Emil etwa seinen hilflosen Fischervater im Stich? Das wäre ja wohl der beste Beweis, dass ich wirklich ein … ein Versager geworden bin.

»Ist deine Erinnerung jetzt zurückgekehrt?«

Ich drehe mich um. Alaska schon wieder.

»Wovon sprichst du?«

»Ich nehme an, es ist kein Zufall, dass du gerade hier suchst, was?«

Sie hat mich durchschaut, und ich weiß nicht, was ich antworten soll.

»Ich …«

»Gib dir keine Mühe. Und schau dir das an.«

Sie zieht ein völlig zerknittertes Foto aus ihrer Umhängetasche. Eine Ganzkörperaufnahme. Darauf sieht man einen etwa zwanzigjährigen Typen, dessen Gesicht mir bekannt vorkommt. Er hat etwas von meinem Vater als junger Mann … aber er ist es nicht.

»Wer ist das?«, frage ich.

»Nicht die geringste Idee? Sieh mal genauer hin.«

»Echt jetzt, ich bin nicht hier, um …«

Und da trifft es mich wie ein Hammerschlag. Das auf dem Foto bin ich. In etwa vier oder fünf Jahren. Ich betrachte wieder dieses vertraute, reifer gewordene Gesicht, und mir wird klar, dass ich ein Stück Zukunft sehe. Alaska liest meine Gedanken.

»Woher hast du dieses Foto?«

»Irgendjemand hat es mir gegeben … ist schon einige Zeit her.«

»Wer?«

»Das sage ich dir später. Ich habe eben auch Geheimnisse. Aber falls du wirklich dieser Typ auf dem Bild bist, habe ich eine Nachricht für dich.«

Ein Foto, eine Nachricht … Dieses Mädchen ist sicher nicht rein zufällig in mein Leben getreten. Pass auf, Emil, pass auf!

»Du hast eine Nachricht für mich, obwohl wir uns erst seit vierundzwanzig Stunden kennen?«

Alaska wischt meinen Einwand mit einer resoluten Handbewegung zur Seite, zieht die Augenbrauen hoch und sagt dann: »Gleicher Ort, bei Maurice, im neunten.«

»Ist das alles?«

»Das ist alles.«

Keine Ahnung, was sie gemeint haben könnte. Bei Maurice? Ich kenne keinen Maurice. Außer einem Mitbewohner vielleicht, sieben Stockwerke über uns, der acht oder neun Jahre älter sein muss als ich und mit richtigem Namen David heißt. Clementine und ich haben ihn heimlich immer Maurice genannt, weil einer, der so langweilige graubraune Klamotten trägt, nur Maurice heißen kann. Jedenfalls haben wir uns das eines Tages in einer verrückten Laune so ausgedacht ... Und plötzlich fällt es mir wie Schuppen von den Augen, dass diese Nachricht nur von meiner Schwester kommen kann. Ich gehe einen Schritt auf Alaska zu.

»Clementine? Du kennst sie?«

»Nie gehört.«

»Aber dieses Foto, diese Nachricht, Maurice ...?«

Alaska wendet sich ab und geht zum Fenster.

»Keine Ahnung, aber ich denke, wenn du hier irgendetwas zu erledigen hast, dann solltest du jetzt mal loslegen.«

»Warum?«

»Weil der Meeresspiegel noch weiter abgesunken ist.«

»Ja und?«

»Dir sind wohl die Gehirnwindungen eingefroren. Tsu–nami, schon mal was davon gehört?«

Wenn die Flut kommt

Klar weiß ich, was ein Tsunami ist. Die Tsunami-Katastrophe im Indischen Ozean 2004 hat eindringlich gezeigt, dass ein plötzlich dramatisch sinkender Meeresspiegel der Vorbote des Mahlstroms sein kann, der uns hier und jetzt in wenigen Minuten verschlucken wird. Wir haben ein Problem. Ein gewaltiges Problem. Schaffen wir es noch, uns in Sicherheit zu bringen?

»Hast du ein Boot?«, frage ich.

»Dazu ist es zu spät«, antwortet Alaska, »das Beste, was wir jetzt machen können, ist, aufs Dach zu klettern und darauf zu hoffen, dass das Gebäude einmal mehr dem Druck der Wellen standhalten wird.«

Hoffen, ob das etwas nutzen wird? Seltsamerweise wirkt Alaska ruhig und gelassen. Ich dagegen bin in Panik. Ich versuche es zwar zu verbergen, aber ich habe schreckliche Angst. Ich bin ein halbes Jahrhundert weg von der Gegenwart und stehe kurz davor, von einer Monsterwelle verschluckt zu werden. Wie meine Mutter. Und Alaska scheint das völlig kalt zu lassen. Vielleicht ist dieses Mädchen irgendwie lebensmüde? Es sei denn … Vielleicht hat sie ja recht: Panik bringt uns auch nicht weiter. Im Angesicht drohender Gefahr muss man die Zähne zusammenbeißen. Und handeln. Das nennt man Mut, glaube ich. Mit Bedauern stelle ich fest, dass ich nicht mutig bin. Meine Hände sind feucht, meine Beine weich und mein Magen verkrampft. Ich bin vor Angst wie gelähmt.

»Atmen«, rät mir Alaska, »gleichmäßig atmen.«

Als wir die Wohnung verlassen, fügt sie leise hinzu: »Ich habe auch Angst.«

Und irgendwie tut es gut, das zu hören. Ich fühle mich weniger allein. Weniger wie ein Versager.

Unsere Schritte hallen im Treppenhaus wider, als wir nach oben hasten. In der sechsten Etage hängt mir die Zunge zum Hals heraus, in der neunten ringe ich nach Luft. Als mein keuchender Atem wieder etwas leiser wird, hören wir ein Geräusch aus einer angrenzenden Wohnung. Alaska zieht mich geistesgegenwärtig zur Seite und legt einen Finger auf die Lippen. Wir tauschen einen Blick und wagen dann, ganz vorsichtig hineinzuschleichen. Drinnen entdecken wir Dwight, der auf dem Boden kniet und versucht, die Fußleiste unter dem Fenster abzureißen. Der Raum ähnelt verblüffend dem Zimmer meiner Schwester – nur sieben Stockwerke höher.

Als er uns bemerkt, steht er auf, ein schmales Brett in der Hand. Mit einem ironischen Lächeln auf den Lippen spottet er: »So, so, Tourist, was?«

»So, so, Sammler, was?«, entgegnet Alaska schlagfertig und verschränkt die Arme.

Danach schweigen wir alle drei. Nach gefühlten zehn Stunden, in denen jeder darüber nachdenkt, wie er sich jetzt verhalten soll, nimmt Alaska den Faden wieder auf: »Du hast uns nachspioniert.«

»Ich mache nur meinen Job, von irgendetwas muss ich ja schließlich leben. Und ich dachte mir, dass hier etwas Wertvolles versteckt sein muss. Und wenn man das verkaufen …«

Seine Erklärung klingt logisch, aber der Zweifel bleibt.

»Auf jeden Fall liegst du total falsch. Maurice wohnte nicht hier, sondern im hinteren Gebäude, da«, sage ich und deute auf die anderen Seite des Hofs. »Im Block 6 B.«

»Du musst mich wirklich für total bescheuert halten, was? Und warum seid ihr dann hier hochgerannt?«

»Weil die heranrollende Flutwelle uns keine Zeit mehr lässt, das Festland zu erreichen«, erklärt Alaska.

»Okay, Fräulein Superschlau. Wenn du allerdings meine Erfahrung hättest, wüsstest du, dass ein echter Profi immer einen Trumpf im Ärmel hat.«

Bevor er verschwindet, ruft er uns noch zu: »Ich warte nicht auf euch, nehme ich an? Klug wie ihr seid, werdet ihr schon selbst einen Weg finden, hier rauszukommen!«

Der Klang seiner Schritte wird immer leiser, bis er schließlich gar nicht mehr zu hören ist. Er ist weg.

»Ich finde die Dummheit anderer Leute immer sehr amüsant«, meint Alaska mit gespielter Gleichgültigkeit.

»Warum ›Dummheit‹?«

»Weil ich so meine Zweifel habe, ob er der Tsunami-Welle entfliehen kann, selbst wenn er viel Glück und starke Oberarme hat«, sagt Alaska ruhig.

Ich für meinen Teil muss zugeben, dass es schon Situationen gab, in denen ich mich wohlergefühlt habe. Allein mit einem Mädchen, bei dem ich nicht weiß, woran ich bin, im obersten Stockwerk einer überschwemmten Hochhausruine inmitten einer untergegangenen Stadt, unmittelbar vor einem Tsunami …

»Und was ist mit uns?«, frage ich und versuche das leichte Zittern, das von meinen Knien nach oben steigt, zu verbergen.

»Wenn der Wohnblock dem Druck standhält, sind wir hier, dreißig Meter über der Erde, vor dem Tsunami geschützt. Mit ein bisschen Glück …«

Als ich höre, wie ruhig sie das sagt, verwandelt sich meine Angst in ohnmächtige Wut: »Du bist ja so was von naiv! Wir werden weggerissen und verschwinden im Gully der Geschichte! Und du machst auf cool, tiefenentspannt, als ob es um einen netten Nachmittag am Strand geht, Eis essen und die sanft anrollenden Wellen beobachten …«

Spontan dreht sich Alaska zu mir um, legt mir die Hände auf die Schultern, blickt mir eindringlich in die Augen und wiederholt: »Emil, ich habe auch Angst. Aber …«

»Aber?«

»Mein Großvater war einer der Letzten, die nach Tibet reisen durften, und er erinnerte mich immer wieder an die Lebensweisheit: ›Wo ein Problem ist, ist auch eine Lösung. Es nutzt also nichts, sich Sorgen zu machen. Und wenn es wirklich keine Lösung gibt, dann nutzen die Sorgen noch weniger.‹«

»Ach, und solche Sprüche genügen, um dich zu beruhigen?«

»Quatsch! Die Launen des Meeres kenne ich in- und auswendig. Ich komme immerhin von hier«, schleudert sie mir entgegen und geht zum Fenster.

»Ich auch. Ich meine … aus der Gegend.«

Wieder fixiert mich Alaska, und ich komme mir vor wie ein offenes Buch, in dem sie meine Geschichte lesen kann.

»Meiner bescheidenen Meinung nach haben wir noch einiges übereinander zu lernen, wir beide.«

»Das sehe ich genauso.«

»Und … Maurice?«

Sie begleitet ihre Frage mit einer Kopfbewegung in Richtung der abgerissenen Fußleiste.

»Er wohnte wirklich hier. Aber in der Wohnung gegenüber.«

»Also, worauf warten wir?«

Und als ob die Bedrohung durch die Welle überhaupt nicht existieren würde, schiebt sie mich in Richtung Treppenabsatz. Ein gutes Gefühl, ihre Hände auf meinen Schultern zu spüren.

Die Wohnung sieht genauso aus wie unsere, nur spiegelverkehrt. In dem Zimmer, das dem von Clementine entspricht, versuche ich, die Fußleiste abzureißen, gar nicht so einfach mit bloßen Händen. Nichts passiert. Aber dann: ein knackendes Geräusch! Alaska kniet neben mir auf dem Boden und steckt die Finger in den entstandenen Spalt. Mit vereinten Kräften gibt die Leiste schließlich nach.

Dahinter befindet sich ein Hohlraum, der mich hoffen lässt. Ich fasse hinein, ertaste erst Gipsreste und dann einen glitschigen, klebrigen Gegenstand: ein Gefrierbeutel, in dem man ein Stück Papier erahnen kann. Eine Nachricht?

»Cool!«, ruft Alaska. »Und jetzt komm, wir hauen ab.«

»Und der Tsunami?«

»Eben, wir gehen ganz nach oben, das ist sicherer.«

Wir rasen die Treppe hoch ins Dachgeschoss. In einem Eckzimmer setzen wir uns hin. Draußen herrscht gespenstische Stille. Die Vögel, die noch vor Kurzem die überflutete Stadt bevölkerten, sind weggeflogen, ihr Instinkt hat sie vorgewarnt. In den Straßen ist der Meeresspiegel stark gesunken, und der Horizont verschwimmt in diffusem Grau.

»Sieh nur!«, flüstert Alaska.

In der Ferne sammelt sich das Meer wie eine Armee, die sich auf den Angriff vorbereitet. Das Ganze sieht aus wie im Film: Das Wasser wölbt sich zu einem Hügel im Ozean, der immer höher und schließlich zu einem Gebirge wird. Und dieses Gebirge kommt rasend schnell näher. Ein kaum vorstellbares Spektakel. Als hätte ein böser Geist die Hand im Spiel, der Herr über jedes einzelne Wassermolekül, der sie nach seinem dämonischen Willen zu diesem Wahnwitz der Natur formt. Aus dem Gebirge wird eine Felswand, gnadenlos und grausam. Die heranrasende Wassermauer saugt den Hafen ein, verschlingt alles, was sich ihr in den Weg stellt, was den Mut hatte, den vorangegangenen Katastrophen zu widerstehen. Mauern und Dächer werden zur Seite gefegt, armselige Überbleibsel einer zerstörten Stadt.

Und die Monsterwelle kommt näher. In unsere Richtung. Bestimmt zwanzig bis fünfundzwanzig Meter hoch. Sie trifft das Gebäude, erschüttert es bis in seine Grundfesten. Ich spüre den Druck in meinen Beinen, in meinem Bauch. Alaska packt mich am Arm. Die Erschütterung ist gewaltig, aber das Gebäude hält stand. Die Tsunamiwelle ist nicht frontal, sondern im spitzen Winkel aufgeprallt, das Gebäude steht wie ein

Fels in der Brandung, alles andere ist weg, wie ausradiert, als wäre eine Herde blaugrauer Bisons darüber hinweggerast. Wir sitzen sicher auf unserem Ausguck und sehen schweigend der Wasserfront hinterher, tief beeindruckt von der unglaublichen Kraft des Meeres. Ich war dabei, habe es mit eigenen Augen gesehen. Wie bei einer Telefon-Warteschleife wiederhole ich in Gedanken immer wieder diesen Satz: Ich war dabei, habe es mit eigenen Augen gesehen. Es braucht Zeit, bis ich wieder zu mir komme und an etwas anderes denken kann. Bruchstückhaft zumindest.

»Äh ja …«, sage ich.

Alaska hebt den Kopf.

»Ich … ja«, antwortet sie.

Wir sind total erschöpft, als ob wir gegen die Fluten hätten kämpfen müssen, und lassen uns zu Boden sinken. So bleiben wir einige Zeit liegen. Unbewusst umklammere ich den klebrigen Gefrierbeutel. Mitsamt der Nachricht.

PANDA

Rätsel:
Papa einst mal drei Fotos schoss,
das erste war ein großes Schloss,
In Mesnil-les-Eaux hat er's gemacht,
das zweite war ein Boot bei Nacht,
die Flut sich an es schmiegte.
Und Nummer drei?
Und Nummer drei?
Das, was Mama liebte,
Und Nummer drei
Die Lösung dieses Rätsels sei!

»Ist das alles?«, fragt Alaska.

Ich halte ihr den Papierfetzen hin. Ja, das ist alles. Ein alberner Kinderreim. So lautet die Nachricht von Clementine. Nach einer spektakulären Zeitreise, einer dramatischen Verfolgungsjagd mit gnadenlosen Wachmännern, einem nächtlichen Überfall und einem alles verschlingenden Tsunami bekomme ich so was. Ein Gedicht. Magere Ausbeute! Ich hatte gehofft, dass meine Schwester mir einen Hinweis geben würde, wo ich sie finden kann, aber das scheint komplizierter als gedacht. Vielleicht ist sie wieder in ihre Kindheit zurückgekehrt?

»Kapierst du irgendetwas davon?«

»Vielleicht«, entgegnet Alaska.

»Und was? Mach's nicht so spannend.«

»Ich hab kapiert, dass du ein Lügner bist.«

Ich starre auf den Zettel in ihrer Hand, dann auf die durchlöcherte Wand mir gegenüber, auf das Fenster und schließlich wieder auf sie.

»Und … warum?«

»Hör doch mit diesen Spielchen auf, Emil. Du suchst nach etwas ganz Bestimmtem, erst in der Wohnung, dann hier. Du machst nicht gerade den Eindruck wie jemand, der sich an nichts mehr erinnert, sondern eher wie jemand, der sehr genau weiß, was er tut.«

»Okay, okay, ich habe mein Gedächtnis nicht verloren.«

»Ach, echt?«

»Ich … ich komme …«

»Du kommst aus der Vergangenheit.«

Das haut mich um.

»Woher … woher weißt du das?«

»Ich bin nicht komplett bescheuert. Ich habe dich mit meiner Großmutter gesehen. Und gestern Abend habe ich sie ein bisschen ausgequetscht.«

»Aha.«

»Und dann gibt es ja noch das hier.«

Sie zieht wieder das Foto aus der Tasche, das, auf dem ich als Zwanzigjähriger zu sehen bin.

»Seltsam, oder?«, meint sie. »Auf einem Foto älter zu sein, als man wirklich ist, das kommt nicht so häufig vor …«

»Da ist was dran … Also, Karten auf den Tisch?«

»Das wäre mal was! Dann mal los.«

»Nein, erst du. Wie kommst du zu diesem Foto? Und was ist mit dieser ominösen Nachricht?«

Alaska sieht mich zweifelnd an und wägt das Risiko ab. Vertrauen gegen Vertrauen. Dann hebt sie den Kopf.

»Also gut.«

Sie nestelt nervös an dem Zettel herum und weiß nicht recht, wie sie anfangen soll.

»Das Foto«, helfe ich nach, »von wem hast du das?«

»Von einem alten Mann. Er hieß Theo. Inzwischen lebt er nicht mehr.«

Einen Augenblick hält sie inne, dann fährt sie fort.

»Theo wohnte in Saint-Port, und deine Schwester hatte ihn um einen Gefallen gebeten. Wenn er einen Jungen treffen würde, der aussieht wie der auf diesem Foto, sollte er ihm eine Nachricht übermitteln.«

»Welche Nachricht?«

»Na ja, die, von der ich dir erzählt habe: ›Gleicher Ort, bei Maurice, im neunten.‹ Deine Schwester schien zu wissen, dass du ihr im Jahr 2035 einen Besuch abstatten würdest. Aber sie konnte damals nicht selbst anwesend sein, die Umstände ließen es nicht zu.«

»Und warum?«

»Weil sie verschwunden ist.«

»Verschwunden … Willst du damit sagen, dass …«

»Keine Ahnung. Aber möglich ist es.«

Ich brauche einige Zeit, um zu verstehen, was Alaska da erzählte. Clementine weiß oder wusste über meine Zeitreise Bescheid. Hatte Wladimir nicht dichtgehalten? Das würde mich wundern, das ist nicht seine Art. Auf jeden Fall wusste meine Schwester, dass ich ins Jahr 2035 reisen wollte, da wären wir beide vierzig. Das muss ich bei meiner Rückkehr unbedingt klären. Und warum sind diese Informationen bis zu Alaska gelangt? Die wichtigste Frage aber ist: Ist oder war Clementine, meine kleine Zwillingsschwester, verschwunden? Oder ist sie in Gefahr? Oder war sie es?

»Ähm … weißt du mehr darüber?«, hake ich nach.

Mit einer Sanftheit, die ich ihr gar nicht zugetraut habe, geht Alaska auf meine Frage ein.

»Soweit ich weiß, war sie ein tolles Mädchen, deine Schwester. Sie war nicht so egoistisch wie die meisten in ihrem Alter, sondern hat sich auch um unseren Planeten und die Zukunft der Menschheit Sorgen gemacht.«

»Ich weiß. Wobei sie manchmal ein bisschen übertreibt. Sobald sich ein Opossum in einem Vorort von San Isidro in Costa Rica die Pfote verstaucht oder jemand in West-Virginia heimlich eine Plastiktüte in einen Fluss geworfen hat, schlägt sie Alarm, informiert die Presse, schreibt Tausende von E-Mails, aktiviert Politiker, organisiert ein Sit-in vor dem Lebensmittelladen und hält mir Moralpredigten wegen meiner Gleichgültigkeit, die ihrer Meinung nach schon an Verantwortungslosigkeit grenzt. Manchmal wird mir das alles zu viel.«

Ich spreche in der Gegenwart von ihr. Meiner Gegenwart, in der Clementine im Nebenzimmer wohnt und mir meine Schokoriegel klaut, wenn sie keine Biokekse mehr hat. Die

Zukunft, von der Alaska mir in der Vergangenheitsform berichtet, will ich nicht wahrhaben. Aber sie fährt fort.

»Diese Organisation, die sie gegründet hat …«

»PANDA? Ja, davon habe ich im Archiv gelesen.«

»Das war eine gute Sache. Viele Leute haben sich dafür interessiert und sie unterstützt. Das Netzwerk wurde größer und hat zunehmend an Bedeutung gewonnen. PANDA hat untersucht, wie sich die Industrialisierung auf die Natur auswirkt. Es wurde zum Boykott gegen umweltschädigende Firmen aufgerufen und diejenigen an den Pranger gestellt, die gegen die Tier- und Pflanzenschutzbestimmungen verstoßen haben. Am Anfang hat Clementine sich mehr für die Tierwelt interessiert, doch sehr schnell ist ihr klar geworden, dass alles in der Natur miteinander verbunden ist, dass Klima, Nahrung und Umwelt entscheidend für das Überleben aller Lebewesen sind und dass …«

»Ich weiß, ich weiß. Sie hat mir das alles schon vorgebetet!«

Alaska wirft mir einen wütenden Blick zu, offenbar genervt, dass ich sie mitten in ihrem engagierten Bericht unterbrochen habe, aber so einfach lässt sie sich nicht abwürgen.

»… dass es mit einem Bruder wie dir sicher nicht leicht war.«

»Kann schon sein.«

»Aber die Industriebosse haben über ihre Bemühungen nur gelacht, sie wuschen ihre Hände in Unschuld und taten, als wäre nichts geschehen. Und sie machten munter weiter, verschmutzten die Flüsse und Meere und beuteten rücksichtslos die Ressourcen aus …«

»Diese Schweine.«

»Du sagst es. Dann hat PANDA die Strategie verändert. Statt ihre bisher eher symbolischen Aktionen fortzuführen, sind sie angriffslustiger geworden, haben die Arbeit der Firmen sabotiert, Material und Produkte zerstört ...«

»Hat Clementine auch an solchen Aktionen teilgenommen?«

»Ja, sie war vorne dabei. Natürlich sind auch die betroffenen Firmen nicht untätig geblieben, sie haben Anklage erhoben.«

»Und meine Schwester kam ins Gefängnis, oder?«

»Aber nein, anders, als die Kläger erwartet hatten, fiel das Urteil der Richter zugunsten von PANDA aus, mit der Begründung: ›Die Schäden sind im Sinne der guten Sache verursacht worden, zur Rettung unseres Planeten und seines ökologischen Gleichgewichts‹.«

Aus der Art, wie Alaska das Urteil zitierte, von dem mir ihre Großmutter ja gestern schon erzählt hatte, schließe ich, dass sie es auswendig gelernt hat, wie etwas besonders Wichtiges, wichtig für sie selbst und für viele andere.

»Das heißt, Friede, Freude, Eierkuchen, und alle waren glücklich?«

»Genau so, Flo. Kluges Kind.«

In ihren Worten liegt traurige Ironie, dann spricht sie weiter. Offensichtlich ist Reden ihre Art, mit einem Problem umzugehen, das sie überfordert.

»Für PANDA war dieses Urteil genial ... zumindest anfangs. Ein Gericht hatte die Aktionen der Gruppe und ihre Beweggründe als zulässig und richtig anerkannt. Doch auf diesen Sieg fiel ein Schatten.«

»Die unterlegenen Kläger …«

»Genau. Die Firmen waren nicht bereit, von heute auf morgen die Produktion einzustellen und auf ihr Geld zu verzichten.«

»Dazu kommt, dass die Arbeiter sonst arbeitslos auf der Straße gestanden hätten.«

Alaska wirft mir einen argwöhnischen Blick zu.

»Das sind genau die Argumente, die sie vorgebracht haben. PANDA wäre eine Bedrohung für die Arbeitsplätze, bla, bla, bla. Allerdings haben die Bosse vergessen zu erwähnen, dass in dem Moment, wo die Erde verwüstet ist, Arbeitsplätze total egal sind!«

»Also?«

»Oh, einige Firmen haben umgedacht und sich bemüht, ihre Produktionsabläufe so zu verändern, dass die Umwelt weniger geschädigt wird … »

»Aber nicht alle.«

»Nein, nicht alle. Für einige Vorstände war es nicht hinnehmbar, sich von einer Bande fanatischer Weltverbesserer einschüchtern zu lassen. Sie haben sich zusammengetan und in aller Heimlichkeit Xenon gegründet.«

»Xenon«, wiederhole ich, »… und was ist das?«

»Nichts. Offiziell gibt es Xenon gar nicht. Das ist der Name eines seltenen farb- und geruchlosen Gases. Man sieht es nicht. Und rückwärts gelesen, ergibt es Nonex, die Nichtexistenz …«

»Ich verstehe.«

»Die Schlussfolgerung der Unternehmer war einfach: ›Da uns die Gerichte nicht mehr beschützen, müssen wir uns selbst helfen.‹ Und sie haben gehandelt. Und Profis engagiert, die sich höchst effizient um die PANDA-Aktivisten und ihre Sympathisanten ›gekümmert‹ haben. Regelmäßig sind PANDA-Leute verschwunden, und man hat nie wieder etwas von ihnen gehört. Keine Lösegeldforderungen, keine Drohungen, nichts. Und niemals tauchte jemand wieder auf, weder tot noch lebendig, der hätte erklären können, was passiert war.«

»Uff.«

»Das kannst du laut sagen. Das Ziel von Xenon war klar: Terror verbreiten, einschüchtern und PANDA vernichten.«

»Und ist Clementine unter ähnlich mysteriösen Umständen verschwunden?«

»So sagt man, ja. Von einem Tag auf den anderen war sie wie vom Erdboden verschluckt.«

Ich beobachte Alaska, wie sie sich immer mehr ereifert, und frage mich, ob sie fantasiert und sich all diese Geschichten einfach nur ausdenkt. Wie in einem billigen Spionageroman. Ich kann mir Clementine nur sehr schwer als Widerstandskämpferin gegen ein Geheimkommando vorstellen, dessen Ziel es ist, sie daran zu hindern, die Erde zu retten. Clementine als James Bond. Oder als Jack Bauer. Bei der Vorstellung muss ich unweigerlich lächeln.

»Hörst du mir überhaupt noch zu?«, fragt Alaska, die mein Lächeln bemerkt hat.

»Doch, doch.«

»Aber du glaubst mir nicht, oder?«

»Na ja, ich denke mir, dass … schließlich …«

Sie breitet hilflos die Arme aus.

»Okay. Das ist normal, du kommst aus einer anderen Zeit und bist wie aus dem Nichts hier aufgetaucht. Niemand zwingt dich, mir zu glauben. Und ich habe auch nicht den geringsten Beweis. Nichts, niente, nada.«

Sie steht auf und klopft sich den Staub von den Klamotten.

»Jetzt reg dich nicht so auf. Ich stelle mir nur Fragen, das ist alles.«

»Ich rege mich nicht auf. Es war nur ein Fehler, mit dir zu sprechen. Und du …«

»Ich?«

»Du solltest dich vielleicht fragen, warum dich ein Typ wie Dwight auf eine Erkundungstour in eine versunkene Stadt mitgenommen hat.«

»Meinst du, Dwight ist …?«

»Xenon ist wie ein böser Geist, unsichtbar und doch allgegenwärtig, er bespitzelt, beschäftigt Mörder, hackt Daten, das ganze Programm. Ohne Rücksicht auf Verluste. Und alles mit dem gleichen Ziel: PANDA zu vernichten. Doch bis heute ist ihnen das nicht gelungen.«

Ziemlich wahrscheinlich, dass sie mit ihrem Verdacht recht hat. Dwight wirkte nicht sonderlich überrascht, als ich ihn gebeten habe, mich in seinem Boot zu unserem Haus zu bringen.

»Und Clementine? Hat man nichts über sie herausgefunden?«

»Nein, nichts. Außer …«

»Was?«

»Nach den heftigen Attacken von Xenon sind die meisten PANDA-Aktivisten in den Untergrund gegangen. Das hat Xenon nicht daran gehindert, weiter Jagd auf sie zu machen, gnadenlos. Sie lassen einfach nicht locker, sind aber nur wenig erfolgreich.«

»Also, du denkst, dass Clementine auch abgetaucht ist, oder?«

»Vielleicht. Das lässt ihre Nachricht auf jeden Fall vermuten.«

Verschwunden, versteckt, tot, lebendig … Alaskas Aussagen widersprechen sich. Macht sie sich über mich lustig oder hat sie wirklich keine Ahnung? Warum hat dieser mysteriöse Theo ihr das Foto gegeben und die Nachricht übermittelt, ohne einen Grund dafür zu nennen?

»Und seit wann ist meine Schwester schon verschwunden?«, frage ich.

»Hm, schon ziemlich lange. Ungefähr dreißig Jahre.«

Jetzt verstehe ich, warum alles, was mir Alaska gerade erzählt hat, für sie längst Vergangenheit ist. Ereignisse, die so weit zurückliegen wie für mich, ähm … die erste Mondlandung.

Für sie ist das alles Geschichte. Für mich dagegen noch nicht mal reale Zukunft, nur eine vage Möglichkeit. Wenn ich in die Gegenwart zurückkehre, werde ich versuchen, meine Schwester zu überzeugen, niemals eine Gruppe zu gründen, oder sie wenigstens davor warnen. Auf jeden Fall werde ich den Gang der Dinge verändern, hoffe ich jedenfalls. Dieser Gedanke hilft mir, mit dem Verschwinden von Clementine umzugehen. Sonst wäre die Situation unerträglich.

»Und … wie kommt es, dass du darüber so gut Bescheid weißt? Welche Verbindung gibt es zwischen dir und Clementine und diesem berühmt-berüchtigten Theo, von dem du gesprochen hast?«, frage ich weiter.

»Theo war einer der PANDA-Anhänger, die sich geweigert

haben, in den Untergrund zu gehen. Als die Situation eskalierte, hat deine Schwester Theo gebeten, als Beobachter vor Ort zu bleiben und zu berichten, was in Saint-Port vor sich geht. Und als sie angenommen hat, dass du kommen würdest, hat sie ihm die Nachricht für dich gegeben. Später dann, als es Theo schlechter ging, hat er mich ausgewählt, um seine Aufgabe zu übernehmen.«

»Und warum gerade dich?«

»Immer noch misstrauisch, was? Du kannst dir sicher vorstellen, dass man sich in einer Welt, die sich unaufhaltsam auf den Abgrund zubewegt, so ein paar Gedanken macht. Und fieberhaft überlegt, wie man die Katastrophe doch noch verhindern kann! Sehr schnell trifft man Leute, denen es ähnlich geht. Man redet miteinander. So habe ich Theo kennengelernt. Und er hat mir vertraut. Das gibt's nämlich!«

Ich habe den Eindruck, dass ich sie mit meinem Misstrauen ziemlich verärgert habe. Aber ich schließe auch nicht aus, dass ihr Ärger nur gespielt ist. Woher soll ich wissen, ob dieses Mädchen nicht eine geschickte Schauspielerin ist, die für Xenon arbeitet und versucht, an Informationen über Clementine und PANDA heranzukommen? Ich kenne sie ja gerade mal vierundzwanzig Stunden. Einen Moment lang schweigen wir beide. Alaska spricht als Erste wieder: »Außerdem hast du recht, ich bin echt blöd! Mich um deine lächerliche Geschichte zu kümmern. Ich habe wirklich Wichtigeres zu tun. Das mit deiner Schwester, das ist sowieso Schnee von gestern!«

Sie wirft mir den Zettel vor die Füße und geht zum Fenster. Die heiße Diskussion hat mich vergessen lassen, dass wir von den Wassermassen umzingelt sind. Ich hebe den Zettel auf und lese noch mal den rätselhaften Kinderreim. Alaska dreht mir immer noch den Rücken zu, scheint sich aber wieder beruhigt zu haben. Sie fährt fort: »Theo hat mir seine Version vom Verschwinden deiner Schwester erzählt.«

»Wusste er wirklich was?«

»Keine Ahnung, er hat mir bestimmt nicht alles gesagt. Aber … nachdem sie verschwunden war, hat man einige Dokumente der Organisation vermisst, vor allem die Mitgliederliste. Danach war PANDA weiter aktiv, ohne dass man wusste, wer die Führung übernommen hatte.«

»Okay. Wenn Xenon sich Clementine geschnappt hätte, dann wären sie im Besitz der Liste gewesen und hätten weitere Mitglieder eliminiert …«

»Denkbar.«

»Was dafür spricht, dass Clementine freiwillig verschwunden ist.«

»Genau. Plus die hinterlassene Nachricht auf dem Zettel.«

»Dann gibt es also gar kein Problem mehr?«

»Doch. Eins haben wir noch. Und zwar ein großes. Dich.«

Bei aller Skepsis war mir diese Alaska bis jetzt eigentlich ziemlich sympathisch. Die richtige Dosis Rebellion, nicht zu aufrührerisch, auf angenehme Weise schlau. Und echt hübsch. Wenn ich nicht mit dem Ziel hierher (oder besser gesagt, in diese Zeit) gekommen wäre, herauszufinden, was aus mir geworden ist, hätte ich gerne noch ein bisschen Zeit mit ihr verbracht. Aber mir wird schlagartig klar, dass sie nicht wegen meiner unwiderstehlichen Art an meiner Seite ist, sondern weil sie einen Auftrag hat. Man misstraut mir …

»Ich?«, hake ich nach.

»Ja, du! Die PANDA-Mitglieder wussten, dass du eines Tages kommen und versuchen würdest, Kontakt mit deiner Schwester aufzunehmen. Aber sie brauchen keinen leichtsinnigen Spinner, der einfach so hier aufkreuzt und die Männer von Xenon auf die Spur von Clementine führt. Einen Trottel, der es noch nicht einmal rafft.«

»Ach ja? Dann erklär mir doch mal, warum du mir die Nachricht überbracht hast?«

»Wir haben lange darüber beraten. Und wir haben uns entschieden: Besser mit offenen Karten spielen und dich unter Kontrolle halten, als dich alleine in der Gegend herumstolpern zu lassen.«

Dich unter Kontrolle halten. Und: *Leichtsinniger Spinner, der einfach so hier aufkreuzt.* Ganz schön fies. Ich beiße mir auf die Zunge, als Zeitreisender ignoriere ich Beleidigungen und beachte Beschimpfungen gar nicht. Und trotzdem verwirren mich ihre Worte. Dieser Unterton. Aber irgendwie überrascht mich das gar nicht. Sie wussten, dass ich auftauchen würde, und zwar direkt von Clementine. Davon bin ich überzeugt. Sollte ich meiner Schwester nach meiner Rückkehr von der Zeitreise erzählen? Vielleicht sogar damit angeben? Das wäre bestimmt nicht klug. Es sei denn, jemand anders hätte geplaudert. Wladimir? Irgendetwas in Alaskas Worten macht mich stutzig:

»Wir ...?«, frage ich.

»Ja, ›wir‹. Es gibt Situationen, wo man sich entscheiden muss, wo Sympathie und Mitgefühl nicht mehr ausreichen. Und ich habe mich entschieden: gegen Xenon und für PANDA.«

Alaskas Worte hätten auch von Clementine stammen können. Sie kommt näher und fixiert mich eindringlich.

»Du bist mein erster Auftrag.«

Ihr Ton ist fast feierlich. Ich frage mich, ob ich mich geschmeichelt fühlen soll. Ich sehe sie von der Seite an. Sie ist wirklich verdammt hübsch.

Xenon
G-413
an
E-027

Betreff: Verstärkte Überwachung

Ich habe mich zurückgezogen, um Objekt 1 das Gefühl zu geben, dass er sich frei bewegen kann. Die Nachricht des Zielobjekts wurde von Objekt 1 gefunden. Er behauptet, der Bruder des Zielobjekts zu sein. Er behauptet ebenfalls, aus der Vergangenheit zu kommen.
Man darf Zweifel an seiner geistigen Gesundheit haben. Objekt 2 hat ihn über die Situation hier informiert.
Führe Überwachung weiter.

Im Anhang: gefundene Nachricht

Xenon
E-027
an
G-413

Betreff: Verstärkte Überwachung

Objekt 1 hat in wenigen Stunden das gefunden, wonach Sie mehrere Jahre vergeblich gesucht haben. Zweifeln Sie nicht an seinem geistigen Zustand. Wenn er so weitermacht, wird er uns zum Zielobjekt führen. Bleiben Sie im Hintergrund und vor allem, koordinieren Sie den Einsatz Ihrer Truppe so, dass uns nicht die geringste Bewegung von Objekt 1 entgeht.

Silbermöwe

Ein sehr schönes Gebäude, weitläufig, hell und freundlich. Es hat nur ein Stockwerk, sodass jedes Zimmer einen Zugang zu einem sehr gepflegten Garten hat. Die Eingangshalle ist in frischen Farben gestaltet, überall stehen bequeme Sessel und Blumenvasen. Das Personal hat stets ein freundliches Lächeln auf den Lippen. Eine Klimaanlage sorgt dafür, dass die Hitze etwas erträglicher ist.

Trotzdem habe ich Angst.

Irgendwo innerhalb dieser Mauern lebt mein Vater.

Ich wende mich an die Krankenschwester am Empfang der *Silbermöwe* und frage nach meinem Urgroßonkel Jean-Pierre Kolaux. Sie schenkt mir ein gewinnendes Lächeln, wohl etwas verwundert, dass sie bisher weder mich noch meine Eltern noch irgendeinen anderen Besucher hier gesehen hat. Da schaltet sich Alaska ein: »Paula, Emil ist nur auf der Durchreise. Er wohnt bei mir, muss aber morgen schon wieder weiter …«

»Du kennst ihn?«, fragt die Schwester.

»Na klar. Er ist mein Cousin.«

Und nach kurzem Zögern fügt sie hinzu, als ob das eine

Information von entscheidender Wichtigkeit wäre: »Ein entfernter Cousin.«

Vom selbstbewussten Auftreten der Enkelin der Bürgermeisterin verunsichert wiegt die Schwester den Kopf hin und her, bevor sie antwortet:

»Hmm, ich muss erst mal fragen, ob … Wartet hier.«

Sie trippelt in Richtung Verwaltungsbüro und überlässt uns den an den Wänden hängenden Bildern mit kitschigen Landschaften und über den Himmel ziehenden Möwen.

Mein Vater. Ich frage mich, ob es eine so gute Idee war, hierherzukommen. Ich habe ihn schließlich erst gestern Morgen gesehen, aber er, wann hat er mich das letzte Mal zu Gesicht bekommen? Und ich bin ja nicht zum Quatschen gekommen, so was wie: »Weißt du noch, als ich mein erstes Fahrrad bekam?« Nach alldem, was mir Melanie anvertraut hat, ist er dazu ohnehin nicht mehr in der Lage. Nein, der einzige Grund für meinen Besuch ist dieses rätselhafte Gedicht, das mir Clementine hinterlassen hat, mit der Anspielung auf die drei Fotos, die mein Vater aufgenommen hat. Hoffentlich führt mich zumindest eines davon zu meiner Schwester …

Zehn Minuten vergehen. Die Frau vom Empfang ist immer noch nicht wieder aufgetaucht, und ich verliere langsam die Geduld. Ich werde sogar ziemlich unruhig. Und da bin ich nicht der Einzige: Alaska ist richtig zappelig, sie steht auf, macht einige Schritte, lauscht und betrachtet den Lageplan des Hauses *Silbermöwe*, der in der Halle an der Wand hängt.

»Komm«, sagt sie schließlich, »das erledigen wir auf eigene Faust.«

»Meinst du wirklich?«

»Ich fürchte, dass du besser nicht auf die Rückkehr der Schwester warten solltest, wenn du deinen Vater wirklich sehen willst.«

Alaskas Stimme ist ruhig und sachlich, dabei lächelt sie gewinnend, weil sie weiß, dass sie beobachtet wird. Wir stehen auf, schlendern lässig durch die Eingangshalle und tun so, als würden uns die verblassten Bilder an den Wänden faszinieren, und gelangen so ganz zufällig zur Tür, die in den Flur mit den Zimmern führt.

Die Luft ist rein. Wir betreten den Flur und geben uns weiterhin betont gelassen. Mein Magen hat sich jedoch in einen dicken Seemannsknoten verwandelt. Zwischen zwei Zimmern befindet sich ein kleiner Aufenthaltsraum, in dem einige Heimbewohner vor dem Fernseher vor sich hin dösen. Alaska geht vorsichtig zu ihnen, rückt eine von den Knien gerutschte Wolldecke zurecht und greift nach einem Blumenstrauß, der offensichtlich den Raum verschönern soll.

Ich ziehe die Augenbrauen hoch, in meinem Blick liegen unzählige Fragen.

»Wir gehen jemanden besuchen, oder?«, erklärt sie mit einem entwaffnenden Augenzwinkern. »Mit Blumen wirkt das echter.«

Meine listige Komplizin hakt sich bei mir unter, und wir gehen weiter. Leider tropft der Blumenstrauß.

Die Namen der Bewohner stehen außen an den Zimmertüren. Praktisch. Wir begegnen einer geschäftigen Krankenschwester und zwei offensichtlich verwirrten Patienten, die uns aber nicht weiter beachten. Trotzdem beschleunigen wir den Schritt, denn wer weiß, ob die Empfangsdame nicht inzwischen nach uns sucht. Der Flur knickt im rechten Winkel ab, und am dritten Zimmer rechts lesen wir »Jean-Pierre Kolaux« auf dem Türschild.

Ich klopfe.

Keine Reaktion. Vielleicht schläft er?

»Wollt ihr zu M. Kolaux?«

Hinter uns steht eine Schwester. Ohne unsere Antwort abzuwarten, fährt sie fort: »Er ist bei der Krankengymnastik und kommt in etwa einer Viertelstunde zurück. Ihr könnt hier warten, wenn ihr möchtet.«

Mit einer Kopfbewegung zeigt sie auf zwei Plastikstühle, die sehnsüchtig darauf warten, dass jemand auf ihnen Platz nimmt. Wir bedanken uns mit einem strahlenden Lächeln, warten, bis sie verschwunden ist, und schlüpfen in das Zimmer meines Vaters.

Das babyblau gestrichene Zimmer ist spartanisch eingerichtet, ungemütliches Krankenhausbett, eine Medikamentenbox auf dem Nachttisch – die Ausstattung in Pflegeheimen ist in den letzten fünfundfünfzig Jahren auch nicht schöner geworden. Nur das große glasähnliche schwarze Rechteck, das dem Bett gegenüber in die Wand eingelassen ist, zeigt den technologischen Fortschritt, das muss der Fernseher sein. Sonst gibt es kaum Hinweise auf die Vorlieben des Bewohners. Alles andere ist nüchtern und funktionell, nicht ungewöhnlich für das Zimmer eines Patienten, dessen Gehirn nicht mehr richtig rundläuft. Ich bin froh, dass mein Vater nicht da ist und ich seinem leeren Blick nicht begegnen muss. Da fällt mir etwas auf.

Drei kleine Bilderrahmen, die auf dem Nachttisch stehen.

Während Alaska den Blumenstrauß in eine Vase stellt, gehe ich näher. Drei Bilderrahmen, drei Fotos. Meine Mutter, meine Schwester und ich.

Unser Familienurlaub in Mesnil-les-Eaux vor vier Jahren. Das Picknick unterhalb der Schlossruine, bevor wir das Gemäuer besichtigt haben. Auf der einzigen noch erhaltenen Festungsmauer hatte mich mein Vater zum Ritter der Tafelrunde geschlagen. Auf dem Foto posiere ich mit stolz geschwellter Brust, das Schwert hochgereckt (ein flaches, vorne spitz zulaufendes Stück Holz), meinen glänzenden Umhang um die Schultern geschlungen (die Tischdecke). Heute sieht das für mich ein bisschen dämlich aus, aber damals war ich so was von stolz!

Auf dem zweiten Foto sieht man *La Victorine*, den Fischkutter, auf dem mein Vater tagtäglich auf dem Meer unterwegs war, als es noch Fische gab. Auch Clementine ist dabei, sie steht in blauen Stiefeln und gelber Wachstuchjacke am Bug, hält mit der einen Hand eine stattliche Dorade in die Kamera und klammert sich mit der anderen an der Reling fest. Das Foto habe ich damals gemacht.

Und dann das dritte: Meine Mutter sitzt auf der Terrasse des Restaurants *La Calle*, die nackten Füße im Sand, vor ihr ein Teller mit Muscheln und Pommes und eine Flasche Apfelwein. Und da mein Vater die Ferien immer am Meer verbringen wollte, kamen wir jedes Jahr hierher. Wie wir alle dieses Restaurant liebten! Die Pommes waren die besten in ganz Frankreich, man konnte mit den Fingern essen, und während die Erwachsenen unter dem Sonnenschirm ihren Kaffee tranken, konnten meine Schwester und ich am Strand spielen.

»Finger weg!«

In der Tür steht die Schwester vom Empfang und ist sichtlich wütend. Hinter ihr bauen sich zwei Pfleger auf, deren Körperbau an Bodybuilder erinnert. Richtige Schränke.

»Ihr seid ohne Erlaubnis hier eingedrungen!«, fährt sie fort. »Und das noch in Abwesenheit des Bewohners! Alaska, ihr beide solltet euch schämen! Verlasst das Zimmer, sofort! Und ich will eine plausible Erklärung hören, sonst …« Sie braucht den Satz gar nicht zu beenden, die hochgezogenen buschigen Augenbrauen der beiden Pfleger sprechen Bände.

»Kompliment!«

Alaska dreht sich lächelnd zu ihr um und wiederholt: »Mein Kompliment, Paula! Meine Großmutter ist für das Budget dieser Einrichtung verantwortlich. Sie wollte sich vergewissern, dass die Bewohner in guten Händen sind. Deshalb unser kleiner Überfall, das war ein Test. Und Ihr rasches Eingreifen, das muss ich sagen, hat mich voll und ganz überzeugt. Nicht wahr, Emil?«

»Ich … ja, voll und ganz.«

Paula ist verwirrt.

»Ein … Test?«, stammelt sie.

Die beiden Gorillas scheinen von der Situation hoffnungslos überfordert zu sein.

»So ist es«, erklärt Alaska und schiebt die Krankenschwester auf den Flur zurück, »aber entschuldigen Sie uns jetzt bitte, unsere Mission ist noch nicht zu Ende. Wir haben noch andere Einrichtungen zu inspizieren. Im Auftrag der Stadtverwaltung.«

Sie klimpert engelsgleich mit den Augenlidern, und fügt

hinzu: »Wer würde bei zwei unschuldigen Jugendlichen Verdacht schöpfen, nicht wahr?«

Ohne die Antwort abzuwarten, wendet sich Alaska in autoritärem Ton an mich: »Nun, Emil, kommen Sie?«

Das »Sie« ist vielleicht ein bisschen übertrieben.

Xenon
G-413
an
E-027

Betreff: Verstärkte Überwachung

G-417 hat die Zeugenaussage des Empfangspersonals aufgenommen.
Die Objekte 1 und 2 haben das Zimmer des Vaters der Zielperson untersucht.
In der Anlage die im Zimmer gefundenen Fotos.

Verfolgung wird fortgesetzt.

Xenon
E-027
an
G-413

Betreff: Verstärkte Überwachung

Verfolgung abbrechen. Die übermittelten Dokumente gestatten uns, den Aufenthaltsort der Zielperson einzugrenzen. Eine andere Fahndungsgruppe wird ab jetzt die Überwachung der Objekte 1 und 2 übernehmen. Ich leite die Operation persönlich.

Küstenexpress

Ich bin enttäuscht. Ich hatte auf eine spektakulärere Zukunft gehofft. Nicht unbedingt *Star Wars* oder *Matrix*, aber trotzdem ein paar Kracher wie bei *I, Robot*. Revolutionäre technische Neuerungen, Computer der zwanzigsten Generation, Roboter, die alle Arbeiten verrichten, Raumfahrzeuge und Häuser in Form von … von … Was weiß ich, irgendwas Spektakuläres eben. Mit Videospielen, in denen man selbst mitspielen kann, und so was.

Aber nein.

Statt sich mutig nach vorne zu bewegen, scheint es eher so, als ob man sich anstrengen würde, um nicht zurückzufallen. Zum Beispiel der Bahnhof, zu dem Alaska mich geführt hat. Das Gebäude wirkt wie ein Fossil aus der Urzeit in der nagelneuen Stadt, alles wie immer, Schalter, Uhr, Sitzbänke. Nur die Sonnenkollektoren auf dem Dach zeigen, dass man sich endlich zum Handeln entschlossen hat. Man hatte ja auch keine große Wahl. Die Solaranlage wurde auf die Schnelle auf dem Gebäude installiert, das Ganze wirkt wie ein Playmobil-Bahnhof. Hier in der Zukunft sieht es aus, als hätte man alles zusammengewürfelt, was in der Vergangenheit modern war.

Aber die architektonischen Leistungen des Jahres 2065 interessieren mich nicht wirklich. Ich sitze auf einer Bank und versuche krampfhaft, das Rätsel zu lösen. Clementines Zettel dürfte noch nicht allzu lange in dem Versteck gelegen haben, denn die Nachricht spricht von den drei Fotos, die auf dem Nachttisch meines Vaters standen. Auf jeden Fall ist damit bewiesen, direkt oder indirekt, dass sich meine Schwester um unseren Vater kümmert. Die Nachricht, die sich zwischen den Gedichtzeilen verbirgt, habe ich schnell entschlüsselt: Die drei Fotos zeigen drei Orte, also drei mögliche Treffpunkte mit Clementine. Beim Picknick in Mesnil-les-Eaux war meine Schwester nicht dabei, sie war bei ihrer damals besten Freundin zum Geburtstag eingeladen. Die Schlossruine hat also keine große Bedeutung für sie. Was die *La Victorine* betrifft, habe ich auch so meine Zweifel. Es dürfte schwierig sein, sich auf einem Fischkutter zu treffen, den es gar nicht mehr gibt. Bleibt *La Calle*, das in dem Gedicht zwar nicht explizit erwähnt wird, aber ich bin mir sicher: Dort liegt die Lösung des Rätsels. Das Foto gibt das Geheimnis nicht preis, aber ich weiß Bescheid. Dort in Contentin, diesem abgelegenen und doch so magischen Landstrich, waren wir glücklich, alle vier. Vielleicht irre ich mich ja, aber ich kann mir keine andere Lösung vorstellen: Clementine möchte mich im *La Calle* treffen.

Alaska hat sich inzwischen neben mich gesetzt. Sie hält zwei kleine Metallquadrate in der Hand, offensichtlich die Tickets. Sie verzieht das Gesicht.

»Irgendetwas stört mich.«

»Warum?«

»Das ist mir alles zu einfach.«

Ich nicke kurz, damit sie weiterspricht, aber ich habe den Eindruck, dass sie mein Desinteresse ärgert.

»Kapierst du nicht, warum? Ich übermittele dir die Nachricht und – zack! – findest du das Versteck, ohne irgendwelche Probleme. Du liest das Gedicht, und wir entdecken schwuppdiwupp die Fotos auf dem Nachttisch deines Vaters. Wir schicken diesen Typen weg …«

»Dwight?«

»Ja. Und er verschwindet. Ohne jeden Widerspruch. Das geht alles viel zu glatt. Das ist überhaupt nicht cool, da stimmt was nicht.«

»Willst du damit sagen, dass wir manipuliert werden, oder was?«

»Vielleicht.«

Alaska lässt mich mit dieser Frage allein und starrt auf die gegenüberliegende Wand. Ihre Antwort, die so viele Deutungen zulässt, kriecht langsam in meine grauen Zellen. Ich drehe mich zu ihr um: »Verdächtigst du … mich?«

»Das habe ich nicht gesagt.«

»Du denkst, ich bin ein Spion von Xenon, los, sag schon.«

»Weiß nicht. Aber komisch ist es schon. Du tauchst wie aus dem Nichts auf, und dann, Abrakadabra, fügt sich alles zusammen.«

»Abrakadabra«, wiederhole ich etwas verwirrt.

Es dauert eine Weile, bis ich wieder klar denken kann.

»Moment mal, du warst es doch, der mich auf Maurice hingewiesen hat, oder? Ohne dich wäre ich bei meiner Suche gar nicht so weit gekommen. Und wenn ich von Xenon bezahlt würde, warum sollte ich dich jetzt mitnehmen?«

Alaska hebt beschwichtigend die Hände: »Okay, okay!«

Stille. Dann sagt sie bockig: »Trotzdem ist das alles zu einfach.«

»Jetzt hör mal gut zu, wer kann von der Bedeutung des dritten Fotos wissen? Außer meiner Schwester und mir niemand. Diese Terrasse am Meer könnte überall sein.«

»Wen interessiert dieses Foto, Otto? Sie brauchen uns nur zu folgen.«

Instinktiv lasse ich meinen Blick durch den Bahnhof schweifen. Drei Reisende, ein Schalterbeamter, eine Aufsicht in Uniform, alle wirken gleichgültig. Zu gleichgültig vielleicht? Jetzt hat es mich auch erwischt, Alaska hat mich mit ihrem Verfolgungswahn angesteckt. Und … wenn sie doch recht hat?

»Was schlägst du vor?«

»Eine falsche Fährte«, antwortet sie.

Ihre Augen glänzen, sie hat eine Idee.

»Warte hier auf mich.«

Sie steht auf und verlässt den Bahnhof. Ich warte und warte, allmählich werde ich unruhig. Niemand scheint auf mich zu achten. Gut so. Wirklich? Eher nicht, irgendwie verdächtig. Ich versuche gleichgültig zu wirken. Was treibt Alaska so lange? Was, wenn der Zug kommt? Ich schwitze. Eine Viertelstunde vergeht. Hat sie Angst bekommen und mich sitzenlassen? Oder verraten? Aber nein! Die Tür des Wartesaals öffnet sich, und da ist sie. Mit einer prall gefüllten Tasche in der Hand, ein strahlendes Lächeln auf ihrem Gesicht.

»Was ist das?«, frage ich leise.

»Psst.«

Zehn Minuten später fährt der Zug in den Bahnhof ein, und es haut mich fast um. Endlich etwas Neues, saucool. Der Zug sieht aus wie eine futuristische Glasröhre auf einer Betontrasse.

»Ein altes Magnetbahnprinzip«, erklärt Alaska, die sich über mein verdattertes Gesicht sichtlich amüsiert.

Eine schienengeführte Glastür gleitet zur Seite, damit die Passagiere einsteigen können. Im Inneren des angenehm kühlen Zuges gibt es bequeme Liegesitze, der Hammer. Der erste Hoffnungsschimmer, der mich daran glauben lässt, dass nicht alles in der Zukunft eine absolute Katastrophe ist. Wir setzen uns.

Der Zug ist vollklimatisiert, und neben jedem Sitz ist ein Minikühlschrank mit Bar installiert.

»Und wie funktioniert das alles?«, will ich wissen.

»Atomenergie.«

Dabei verdüstert sich ihr Gesicht. Ich spüre, dass dieses Problem immer noch nicht gelöst ist und die nukleare Gefahr nach wie vor existiert. Aber ich bin einfach nur glücklich über den unverhofften Luxus, ich will jetzt genießen und nicht diskutieren. Und ich will mir nicht die Laune verderben und von Alaska erklären lassen, was mir schon Clementine immer wieder vorgebetet hat: Eines Tages werden wir alle »tschernobylisiert«, ganz sicher.

Ein melodisches Klingeln, die Ansage einer engelsgleichen Stimme, und der Zug fährt sanft an, beschleunigt dann stufenlos, um schließlich eine Reisegeschwindigkeit von fünfhundert Kilometern pro Stunde zu erreichen. Man spürt nichts. Nur die Landschaft verändert im Zeitraffertempo ihr Gesicht, ich sehe nur verwischte bunte Linien am Fenster vorbeifliegen. Ich lasse mich einlullen und vergesse PANDA und Xenon, meine Schwester, meine Eltern, die Tsunamis, die Überschwemmungen und sogar die Frage, was in dieser trostlosen Zukunft aus mir geworden ist. Ich lasse mich in einen sanften Schlaf gleiten, aber nicht lange, dann rüttelt Alaska mich wach.

»Komm.«

Ich folge ihr zum hinteren Ende des Zuges, wo sich die Toiletten befinden.

»Du musst dich umziehen«, sagt sie leise, »alles runter, inklusive Socken und Unterhose, und dann ziehst du das an.«

Sie zieht einen Haufen neuer Klamotten aus der Tasche, auch für sie sind welche dabei.

»Ich habe sie vor der Abfahrt am Bahnhof gekauft.«

»Aber … warum?«

»Wir müssen unsere Verfolger unbedingt abhängen. Und wer weiß, ob Dwight uns nicht irgendwo eine Wanze untergeschmuggelt hat, um jederzeit zu wissen, wo wir sind. So was haben die Xenon-Leute schon gemacht …«

Nachdem ich die Toilettentür verschlossen habe, wird das Glas wie von Zauberhand undurchsichtig, wodurch wenigstens ein Minimum an Intimsphäre gewährleistet ist. Die Kühe draußen auf der Wiese würde ein nackter Junge wohl ziemlich kalt lassen, vor allem bei der rasenden Geschwindigkeit. Die Klamotten passen wie angegossen. Alaska muss einen Scannerblick haben. Nur die Farbe der Hose stört mich. Grelles Pink, nicht gerade unauffällig. Der blaue Pulli dagegen ist optimal.

Ich gehe wieder zu meinem Platz. Meine Komplizin ist schon da, pinkfarbener Pulli und blaue Hose.

»Ähm, hast du dich bei meiner Hose nicht ein klein wenig vergriffen?«

»Nein, warum?«

»Egal. Vergiss es.«

»Stopf deine alten Klamotten in die Tasche. Wir stellen sie unter den Sitz und lassen sie im Zug.«

Alte Klamotten? Den Pulli habe ich erst letzte Woche gekauft. Modisch gesehen ist er allerdings schon fünfundfünfzig Jahre alt, das stimmt schon.

Wieder lasse ich mich in den weichen Sitz sinken. Der Küstenexpress gleitet durch die Landschaft. Alaska sitzt neben mir. Mit unserer neuen Kleidung sehen wir ein bisschen wie seitenverkehrte Zwillinge aus. Fühlt sich nicht schlecht an.

»Eine Sache stört mich«, sage ich plötzlich.

»Was?«

»Als du die Tickets gekauft hast, könnte der Schalterbeamte Xenon informiert haben. Du hast selbst gesagt, dass sie überall Spitzel haben.«

»Stimmt.«

»Sie müssten also nur ein paar Männer an unserem Zielbahnhof postieren, um uns auf der Spur zu bleiben.«

»Ich habe Tickets nach Rouen gekauft.«

»Rouen? Ich habe dir doch gesagt, dass wir nach Contentin müssen.«

»Stimmt. Und ich habe mir überlegt, dass unsere Verfolger lieber am Bahnhof in Rouen auf uns warten sollten. Das wird sie eine Weile beschäftigen.«

»Und dieser Zug? Fährt der überhaupt nach Contentin?«

»Nein, nach Rouen.«

»Aha. Und die Logik bitte?«

»Er hält in Rennes und dann in Ducey, bevor er nach Rouen weiterfährt.«

»Also?«

»Also steigen wir in Ducey aus.«

»Und gehen die letzten Kilometer zu Fuß?«

»Nein. In Ducey wartet eine Überraschung …«

Das letzte Wort untermauert sie mit einem Lächeln, das selbst eine reife Tomate noch erröten ließe, dann lehnt sie sich ganz entspannt in ihrem Liegesessel zurück. Das war's dann wohl. Mehr über ihren Plan werde ich nicht erfahren.

Wir halten in Rennes, alles bleibt ruhig. Der gläserne Zug fährt weiter. Haben wir unsere Verfolger abgehängt? Haben sie sich im Zug verteilt? Haben sie Komplizen in allen Bahnhöfen postiert? Fragen über Fragen.

Ducey. Nicht zu glauben, wie schnell das geht. Ich habe kaum Zeit, um meinen Klamotten nachzutrauern, die Alaska unter ihrem Sitz versteckt hat. Entschlossen zieht sie mich auf den Bahnsteig und räumt uns resolut den Weg frei, die anderen Reisenden sind ihr egal. Die Hitze, die uns entgegenschlägt, ist mörderisch.

Noch bevor ich überhaupt etwas höre oder sehe, schlagen meine Geruchsnerven Alarm. Ein Fahrzeug nähert sich, das offensichtlich mit dem gleichen Kraftstoff angetrieben wird wie Alaskas Schrottkiste. Genau vor uns kommt es zum Stehen. Am Steuer sitzt ein Mann mit Sonnenbrille. Er scheint sich überhaupt nicht für uns zu interessieren, kein Blick, kein Wort.

»Einsteigen!«, fordert mich Alaska auf.

Wir setzen uns auf den Rücksitz, und der Unbekannte braust sofort los. Alaska dreht sich immer wieder um, um sich zu vergewissern, dass uns niemand folgt. Nachdem wir die Stadt verlassen haben, fahren wir etwa eine halbe Stunde auf schmalen Straßen über Land, dann biegen wir scharf ab und wenden uns nach Norden. Seitdem wir Ducey verlassen haben, wird es immer dunkler. Die Nacht bricht herein. Unvermittelt hält das Auto an, mitten im Niemandsland.

»Dahinten«, sagt unser Fahrer mit gedämpfter Stimme und zeigt auf eine durch Baumreihen halb verdeckte Scheune.

»Danke«, sagt Alaska und steigt aus. Ich folge ihr.

Sofort fährt das Auto mit quietschenden Reifen wieder los.

»Nicht sehr gesprächig, der Typ«, meine ich.

»Ich kenne ihn nicht, und er kennt uns nicht. Alles wird per Telefon geregelt, alles anonym, eine Vorsichtsmaßnahme von PANDA. Wenn unser Fahrer befragt werden sollte, dann kann er nichts sagen: Er kennt uns nicht und weiß nicht, wo wir hinwollen.«

»Reine Vorsorge.«

»Exakt.«

Mittlerweile haben wir ein Feld überquert und nähern uns der Scheune, deren eindrucksvolle Silhouette sich gegen den dunklen Himmel abhebt. Vor dem Gebäude stehen zwei Männer und beobachten unser Kommen. Der eine trägt einen Mechanikeroverall und dürfte um die vierzig Jahre alt sein, der andere etwa achtzehn oder neunzehn. Alaska läuft los und wirft sich in die Arme des Älteren. Dann umarmt sie den Jüngeren. Ah, ja.

»Hallo, mein Junge!«, sagt der Ältere und streckt mir die Hand entgegen. »Louis.«

»Ähm … Emil.«

Unter dem dichten Bart des Mannes zeigt sich ein freundliches Lächeln.

»Und? Wie ist dein großes Abenteuer?«

»Soll das heißen …?«

»Oh, das soll gar nichts heißen. Ist mir egal. Ich bin wegen dieser jungen Dame hier.«

Augenzwinkernd deutet er auf Alaska, die mit dem Jüngeren ein bisschen abseitssteht. Ein gut aussehender Typ.

»Wir haben euch was zu essen gemacht«, fährt Louis fort, »ihr habt bestimmt Hunger, oder?«

»Ein bisschen schon.«

Er zieht mich zu einem Häuschen, das von der Scheune verdeckt wird, ein notdürftig zusammengeschustertes Domizil, alles ein bisschen chaotisch und trotzdem sehr gemütlich. Es sieht aus, als wäre die Zeit stehen geblieben, ich komme mir vor wie in meiner Gegenwart. Auf dem Tisch liegen Brot, Wurst, Pastete, Obst, Gemüse und ein Kuchen … Dinge, die selten geworden sind in dieser Zeit. Louis bemerkt meinen erstaunten Blick.

»Ich habe einen Gemüsegarten, da hinten«, erklärt er, »eine Süßwasserquelle, Sonnenkollektoren auf dem Dach, weiter hinten ein Windrad. Die Mauern sind aus Lehm, mit Schafswolle und Hanf isoliert. Man muss sich zu helfen wissen.«

Ein Ökobastler, tatsächlich. Es sieht so aus, als würde man hier auf dem Land besser leben als in den öden Städten Marke Disneyland.

Schließlich stößt auch Alaska zu uns. Hand in Hand mit dem jungen Typ. Ihr Gesicht wirkt gelöst, sie strahlt vor Glück. Was soll's, sage ich mir. Jeder zu seiner Zeit, jeder in seinem Leben. So läuft das eben. Was hatte ich denn erwartet?

»Emil, das ist Serge.«

»Hi«, sage ich.

»Mein Cousin.«

»Aha.«

»Zu Tisch, meine Lieben«, fordert uns Louis auf, der merkt, dass hier etwas nicht stimmt, »wenn wir das Programm einhalten wollen …«

»Das Programm?«, frage ich.

»Mach dich auf was gefasst«, flüstert mir Alaska zu.

»Noch eine Überraschung?«

»Und was für eine!«

La Calle

Kein Wölkchen trübt den Himmel, ein strahlend schöner Tag. Eine Taube dreht ihre Kreise, ganz weit oben, malt Achten ins helle Blau, bevor sie in Spiralen sanft gen Boden schwebt. Sie kommt näher, immer näher, einer ihrer Flügel streift mein Gesicht, sie fliegt weiter, kehrt zurück, streichelt mich erneut. Eine Feder kitzelt mich an der Nase, ich versuche krampfhaft, ein Niesen zu unterdrücken, um sie nicht zu erschrecken. Aber sie bleibt hartnäckig, kitzelt heftiger und dann … schüttelt sie mich sogar und sagt leise: »Emil! Emil!«

Ich wache auf. Alaska beugt sich lächelnd über mich.

»Es ist Zeit.«

Eine ihrer Haarlocken kitzelt mich immer noch. Das Essen, gestern Abend. Ich hatte Hunger. Und dann die Müdigkeit … Ich erinnere mich wieder an alles.

»Mmm.«

Sie hält mir etwas Warmes zu trinken hin. Kaffee? Tee? Schwer zu sagen. Jetzt bin ich fast wach und kann meine Augen wieder scharfstellen. Serge und Louis sind schon bereit, sie haben ihre Overalls an. Ein Blick aus dem Fenster bestätigt mir, dass es draußen stockfinstere Nacht ist.

Ich quäle mich hoch, spritze mir kaltes Wasser ins Gesicht, ziehe mich an und atme tief durch. Bereit für das Finale. Vielleicht werde ich Clementine wiedersehen.

Die Nacht wird durch die schmale Sichel des Mondes schwach erhellt, wir gehen in Richtung Scheune. Es muss ungefähr drei Uhr morgens sein, und die Hitze ist einigermaßen erträglich. Plötzlich höre ich hinter der Bretterwand ein Geräusch. Ich zucke zusammen. Das Keuchen einer Bestie?

»Was ist …«

»Bleib cool, Raoul«, besänftigt mich Alaska und schiebt mich sanft voran.

Ich gehe weiter, immer noch beunruhigt. Louis öffnet eines der beiden großen Tore. Und was sehe ich? Ein seltsames Konstrukt, wie ein glühender Ofen, aus dem ein stechender Geruch aufsteigt.

Gas? Ich blicke nach oben … komisch, ich kann ein Stück Himmel sehen. Eine gleißend helle Flamme lodert auf, ein pfeifendes Geräusch. Auf einmal begreife ich. Vor uns entfaltet sich ein Heißluftballon. Serge justiert die Brenner, die die Luft erwärmen und den Ballon nach oben schweben lassen. Ich erkenne eine Gondel aus Holz und Weidenruten, die mit dicken Tauen am Boden festgemacht ist, und darüber den riesigen Ballon, der sich Richtung Himmel streckt. Ich bin baff.

»Das … damit fliegen wir …?«

»Ganz genau«, antwortet Louis, »wir haben ihn startklar gemacht, während ihr euch ausgeruht habt.«

»Ein spitzenmäßiges Fortbewegungsmittel, um unseren Verfolgern zu entkommen!«, jubelt Alaska.

In fünfhundert Metern Höhe ist die Nacht gar nicht mehr so finster. Sobald sich unsere Augen an die Dunkelheit gewöhnt haben, erkennen wir die blasse Linie des Horizonts, und die Landschaft unter uns zeigt sich in eintönigem Blau. Wir treiben schweigend dahin. Hier oben ist es kühler als am Boden. Louis zeigt mir die beiden kleinen Motoren, die an der Außenseite der Gondel befestigt sind.

»Die Batterien für den Antrieb habe ich gestern aufgeladen. Die Motoren erleichtern das Navigieren, wir können den Ballon punktgenau in Richtung unseres Zieles steuern – oder besser gesagt –, eures Zieles.«

Ich höre nur mit einem Ohr zu. Ein Teil meiner Aufmerksamkeit gilt dem Gespräch zwischen Alaska und ihrem Cousin am anderen Ende der Gondel. Wie ich schon gestern feststellte: Das ist halt so.

Auf einmal überfällt mich Heimweh. Diese Geschichten von Xenon und PANDA kommen mir allmählich lächerlich vor, hier zwischen Himmel und Erde. Zum Glück werde ich nach der Landung Clementine wiedersehen, meine Schwester, die mir endlich verraten wird, was hier eigentlich los ist. Hoffe ich jedenfalls.

Unter uns ziehen Hügel und Täler vorbei, und die Stunden verrinnen. Aus dieser Höhe sind die Dörfer und die wenigen verstreuten Häuser nur zu erahnen.

»Alles klar?«, fragt Alaska.

»Ja.«

»Es dauert nicht mehr lange. Schau, da ist schon das Meer.«

In der Ferne, etwas von der Küste entfernt, taucht eine weite Fläche mit einer imposanten Erhebung auf.

»Mont-Saint-Michel«, erklärt Alaska, die meinem Blick gefolgt ist, »eine kleine Insel …«

Ein beeindruckendes Bild. Als hätte das Meer den unteren Teil dieser mittelalterlichen Stadt verschlungen. Nur die Spitze der Insel mit der Abtei ragt noch aus dem Wasser.

»Blainville liegt dort«, fährt sie fort und deutet Richtung Norden.

»Aha.«

»Bist du beleidigt?«

»Ich? Nein, überhaupt nicht. Warum sollte ich? Dein Cousin ist sehr nett.«

Sie sieht mich lange an, während sich ein leichtes Lächeln auf ihre Lippen legt.

»Wir haben uns sehr lange nicht gesehen …«

»Klar.«

»Gibt's ein Problem?«

»Überhaupt nicht, nein. Außerdem geht mich eure Beziehung nichts an. Ich komme einfach mal so aus der Vergangenheit, wirbele euer Leben durcheinander und …«

»Er hat mir anvertraut, dass er meinen Onkel verlassen und mit seiner Freundin zusammenziehen will.«

»Aha.«

Ich starre in den Himmel. Plötzlich sieht die Zukunft schon wieder ganz anders aus.

»Mit seiner Freundin?«, wiederhole ich.

»Genau. Sie ist achtzehn, stell dir das mal vor!«

»Toll, das freut mich. Serge ist wirklich sehr nett.«

Der Ballon fliegt an der zerklüfteten Küste entlang, es sieht aus, als ob das Meer das Festland angeknabbert hätte. Ich erkenne den höhergelegenen Teil von Granville, aber der Strand und der Marktplatz sind nicht mehr da.

Eine Dreiviertelstunde später, während die Morgendämmerung den Himmel in rosafarbenes Licht taucht, fällt unser Blick auf den Kirchturm von Blainville. Aber wo ist der Strand?

»Wir sind da«, murmelt Louis, »durch den schwachen Wind kann ich den Ballon einigermaßen stabil halten. Eine gute Gelegenheit, um auszusteigen.«

Alaskas Onkel hat Luft abgelassen, der Ballon sinkt tiefer, aber dreißig Meter bis zum Boden sind immer noch eine beeindruckende Distanz. Besonders, wenn man sich an einem rutschigen Seil hinunterhangeln muss und unter sich nichts sehen kann. Absolut nichts.

Alaska zögert trotzdem keine Sekunde, umarmt Onkel und Cousin, greift nach dem Seil und lässt sich nach unten gleiten. Ich schüttele beiden die Hand.

»Danke«, sage ich, »danke für …«

»Beeil dich«, unterbricht mich Louis, »wir können nicht lange hierbleiben.«

Ich packe das Seil mit beiden Händen und hangele mich nach unten ins Nichts. Aus diesem Blickwinkel sehe ich noch, wie mir Serge zuzwinkert. Nett.

Die Strecke kommt mir endlos vor. Meine Hände brennen. Der Ballon schaukelt hin und her. Als ich das Ende des Seils erreicht habe, berühren meine Füße die Wiese noch lange nicht. Wie viele Meter liegen noch zwischen mir und dem Boden? Ich fühle mich wie ein Wurm an einer Angelschnur. Das

Seil zerrt an meinen Armen, ein Zeichen, dass der Ballon wieder steigt. Also lasse ich los …

Und stelle fest, dass es bis zur Wiese nur ein knapper Meter ist. Ich hebe den Kopf. Das Seil verschwindet nach oben, wo ich die gewaltige Masse des Ballons erahnen kann, der seine Reise nach Norden fortsetzt, um eventuelle Verfolger auf eine falsche Fährte zu locken.

Blainville schläft noch. Die Stadt hat sich nicht sehr verändert, allerdings reicht das Meer jetzt bis zu den Häusern. Der Strand, die Austernbänke, die Küstenpromenade: Alles ist weg, komplett ausgelöscht. Auch das Restaurant. Das *La Calle.* Der Treffpunkt mit Clementine existiert nicht mehr.

Ich irre durch die Straßen, Alaska immer hinter mir. Allmählich wird es immer heller, und mit der Sonne kommt die Hitze.

»Warum? Warum verweist sie mich an einen Ort, den es gar nicht mehr gibt? Habe ich mich vielleicht geirrt?«

»Es könnte aber doch auch sein, dass das Restaurant noch stand, als sie das Gedicht geschrieben hat.«

»Hmm.«

Die Wellen schwappen bis an die Grundmauern der Kirche, und die Tankstelle hat sich in einen wenig attraktiven Strand verwandelt, wo bereits zu dieser frühen Stunde zwei Angler ihrem Tagwerk nachgehen. Doch nicht ganz so ausgestorben, diese Stadt … Wir laufen am Wasser entlang. Die Häuser sind verfallen, die Gärten haben sich in Sumpflandschaften verwandelt. Und mit einem Mal sehe ich es. Dort vor mir. Genau wie früher, als wären nicht Jahrzehnte vergangen. *La Calle.* Oder besser gesagt, die Kopie von *La Calle*, mit Bullaugenfenstern an den Seiten. Ich umrunde das Holzgebäude. Wahrscheinlich hat man es am ursprünglichen Standort Stück für Stück auseinandergenommen und hier wieder aufgebaut. Vielleicht ist es sogar ein Museum oder so? Die Eingangstür steht bereits offen. Wir gehen hinein. Auch innen sieht das Lokal aus wie früher. Die Einrichtung war schon vor fünfundfünfzig Jahren kitschig, die alten Fotos, die bemalten Muscheln, die Wandteppiche mit nackten Frauenkörpern, all das ist im Jahr 2065 zweifellos eine Fundgrube für Antiquitätenhändler. Es sind bereits vier Gäste da. Zwei Pärchen auf beiden Seiten des Raumes. Sie schweigen sich an. Auf den Tischen vor ihnen stehen Kaffee und Toast. Hier ist man Frühaufsteher, so sieht es zumindest aus.

Wir setzen uns an einen Tisch in die Nähe der Küche. Der Wirt kommt, hält uns zwei Speisekarten hin und nickt uns verschlafen zu. Ich suche in seinen Gesichtszügen nach Ähnlichkeiten mit Remy, dessen Bleistiftporträt über der Bar hängt. Ist der Wirt ein Nachkomme? Schwer zu sagen. Als er unser Frühstück serviert, frage ich ihn leise:

»Ich bin der Br… ich möchte zu Clementine.«

»Wie bitte?«

»Clementine.«

Er zieht die Augenbrauen hoch und starrt mich entgeistert an.

»Kenn ich nicht.«

»Und … PANDA?«

»Dafür muss man in den Zoo gehen, Junge. Ich mach hier nix, außer Frühstück und Fritten.« Damit wendet er sich lässig ab, das Geschirrtuch über der Schulter. Die Touristen haben sich nicht gerührt, immer noch nicht. Vielleicht sind es aber auch gar keine Touristen. Wer weiß.

»Vielleicht wartet er auf ein Passwort?«, flüstert mir Alaska zu.

Warum nicht. Wir haben nichts zu verlieren. Als der Typ wieder an unserem Tisch vorbeikommt, winke ich ihn heran. Als er ganz nahe ist, raune ich:

»Papa einst mal drei Fotos schoss,
das erste war ein großes Schloss,
In Mesnil-les-Eaux hat er's gemacht,
das zweite war ein Boot bei Nacht,
die Flut sich an es schmiegte.
Und Nummer drei?
Und Nummer drei?
Das, was Mama liebte …«

Ich komme nicht bis zum Ende. Der Wirt wirft mir einen nachsichtigen Blick zu, ein Lächeln, das man aus Mitleid fünfjährigen Kindern schenkt. Er verdreht die Augen, geht weiter und seufzt tief.

»Du warst entzückend«, sagt Alaska sanft.

»Ja, ich bin saucool, wenn ich mich lächerlich mache.«

Wir stecken in der Sackgasse.

»Vielleicht kommt deine Schwester selbst vorbei. Sie wird dich bestimmt erkennen.«

Ich werfe noch mal einen Blick auf die anderen Gäste. Niemand sieht aus wie ein fünfzehnjähriges Mädchen … äh, wie eine Frau von siebzig. Allein wenn ich daran denke, läuft es mir kalt den Rücken herunter. In diesem Moment bohrt mir Alaska ihre Fingernägel in den Arm.

»Schau mal. Da.«

Sie flüstert. Ihr verstohlener Blick weist auf die Wand zu meiner Linken, die über und über mit vergilbten Fotos und kitschigen Gemälden bedeckt ist.

»Ja und?«

»Unter dem Porträt des alten Fischers …«

Ein kleiner, mit spiralenförmigen Schnitzereien verzierter Holzrahmen. Darin ein Foto von zwei Beinen, die in einer Hose stecken. Jeans. Darüber der untere Rand eines schwarzen T-Shirts. Sonst sieht man nichts. Seltsam, wie die ganze Einrichtung.

»Die zwei Beine? Meinst du das?«

Aber Alaska antwortet nicht. Vorsichtig zieht sie das Porträt aus ihrer Tasche, auf dem ich als Zwanzigjähriger in Saint-Port zu sehen bin. Und da kapiere ich: Die Beine auf dem Foto an der Wand gehören zu diesem Porträt. Das sind meine Beine.

Nur nichts anmerken lassen. Wir wissen immer noch nicht, wer die anderen Gäste sind. Alaska hebt den Arm und macht eine Geste, die weltweit verbreitet, vom Nordpol bis Timbuktu, nur eines bedeutet: Zahlen bitte! Als der Wirt mit der Rechnung kommt, hält sie ihm das Porträtfoto unter die Nase. Er betrachtet es, schaut uns beide nacheinander prüfend an, dreht das Foto um und notiert »Apfelblüte« auf der Rückseite. Dann schlurft er hinter seinen Tresen zurück, als sei nichts geschehen. In aller Seelenruhe trocknet er weiter Gläser ab, lässt uns dabei aber nicht aus den Augen.

»Sagt dir das was?«, fragt Alaska.

Ich nicke. *Apfelblüte*. Dort haben wir im vergangenen Jahr gewohnt. Ein schönes altes Haus mit großem Garten. Damals. Mit ein bisschen Glück steht es heute noch dort. Dass meine Schwester Jahrzehnte später an diesen Ort zurückgekehrt ist und sich dort versteckt hält, zeigt, wie wichtig er für sie gewesen sein muss. Irgendwie tröstlich. Und rührend.

In diesem Moment hört man ein piepsiges Klingeln. Der Mann, der an dem Tisch hinter Alaska sitzt, zieht ein altmodisches Handy aus seiner Tasche hervor, hält es sich ans Ohr, hört zu und legt dann rasch wieder auf. Er nickt seiner Partnerin zu, das Zeichen zum Aufbruch. Dann legt er einen Geldschein auf den Tisch, und die beiden verlassen das Lokal. Kurz danach ein zweites Klingeln. Das zweite Pärchen. Gleiche Szene noch mal. Außer uns ist niemand mehr da. Ich drehe mich mit fragendem Blick zum Wirt um. Der breitet die Arme aus, zieht die Augenbrauen hoch und schneidet eine Grimasse, die wahrscheinlich »Keine Ahnung« heißen soll.

»Xenon«, meint Alaska.

»Glaubst du wirklich?«

»Ganz bestimmt.«

»Aber warum sind die vier so plötzlich verschwunden? Ob sie mitbekommen haben, was der Wirt auf das Foto geschrieben hat?«

Alaska blickt an die Decke.

»Hätte hier jemand eine Minikamera installieren können?«

»Hier? Das würde mich wundern!«, sagt der Wirt, dem nichts entgeht. »Wir haben erst vor acht Tagen renoviert …«

Stimmt, die Decke ist frisch gestrichen.

»Und außerdem«, füge ich hinzu, »wie sollte jemand gewusst haben, dass wir uns gerade an diesen Tisch setzen?«

»Belauscht haben können sie uns auch nicht, der Name *Apfelblüte* ist nicht gefallen.«

»Dann hat sie wahrscheinlich jemand telefonisch informiert. Sie haben wohl einen Befehl bekommen.«

»Da ist noch etwas, das mich stutzig macht«, meint Alaska.

»Und das wäre?«

»Sie waren schon da.«

»Was meinst du damit?«

»Als wir ins *La Calle* kamen, saßen sie schon. Sie sind uns also nicht gefolgt. All unsere Vorsichtsmaßnahmen haben nichts genutzt: der Klamottenwechsel, das vorzeitige Verlassen des Zuges, die Ballonfahrt … Ich verstehe das nicht.«

Sie dreht sich zu mir und nimmt mich ins Visier: »Du allein konntest das *La Calle* auf dem Foto im Zimmer deines Vaters erkennen, oder?«

»Ja, und?«

»Nichts, ich denke nur nach.«

»Glaubst du vielleicht, ich habe ihnen alles verraten? Verdächtigst du mich jetzt, für Xenon zu arbeiten?«

Sie antwortet nicht. Und das nehme ich ihr übel. Ich stehe auf.

»Okay. Ich habe verstanden.«

Ich versuche, den dramatischen Abgang, die perfekte Abschiedsszene zu liefern, wie im Kino, aber dazu habe ich viel zu große Angst. Sie glaubt, ich wäre ein Verräter.

Alaska traut mir zu, meine Schwester ans Messer zu liefern. Ich fasse es nicht.

Ich gehe drei Schritte in Richtung Tür, dann bleibe ich stehen und drehe mich um: »Wenn ich der Böse in dieser Geschichte sein soll, dann erklär mir doch mal, wie ich die Leute benachrichtigt haben soll, die hier gesessen haben? Oder die draußen, hä? Warum hätte ich telefonieren sollen? Ich hätte doch gleich sagen können: ›*Apfelblüte*, das ist es! Hopp, hopp, Jungs!‹«

»Hopp, hopp?«

»Ja, genau, hopp, hopp.«

Alaska verzieht das Gesicht, kann ein Glitzern in ihren Augen aber nicht verbergen.

»Ein Typ, der ›hopp, hopp‹ sagt, kann nicht abgrundtief böse sein. Niemand bei Xenon sagt ›hopp, hopp‹.«

»Was du nicht sagst.«

Ich habe den Eindruck, sie macht sich über mich lustig.

»Aber das erklärt trotzdem nicht, wie sie vor uns da sein konnten.«

Nein, das erklärt überhaupt nichts. Aber uns bleibt nur die Flucht nach vorn: Wir müssen uns zur *Apfelblüte* durchschlagen, in der Hoffnung dort Clementine zu treffen und dieses Rätsel zu lösen.

Also brechen wir auf.

Doch in diesem Moment stürzt der Himmel über uns zusammen.

Am Ende des Weges

Ein Sack. Bevor ich wusste, wie mir geschah, war es schon passiert. Wir waren kaum aus der Tür des Lokals getreten, als mir ein Kartoffelsack über den Kopf gestülpt und Arme und Beine gefesselt wurden. Lautlos. Schnell und effektiv. Und Alaska? Keine Ahnung. Vielleicht war es ihr auch so ergangen. Ich hatte nur undefinierbare Geräusche gehört. Vielleicht ein Schrei? Möglich. Die Überraschung hatte mir keine Zeit gelassen, um Angst zu haben.

Aber jetzt habe ich Angst. Starke Arme heben mich in die Luft und schütteln mich durch. Eine schwielige Hand legt sich auf meinen Mund, ich bekomme kaum Luft. Man bringt mich weg. Wohin? Wer? Xenon, kein Zweifel. Aber … warum?

Man setzt mich irgendwo ab, wohl ein Bretterboden. Der zu vibrieren beginnt. Eine Ladefläche, ein Karren? Wir bewegen uns vorwärts. Aber ich höre keinen Motor.

»Alaska?«, frage ich.

»Ruhe«, befiehlt eine sehr tiefe Stimme.

Eine Männerstimme. Wieder legt sich eine Hand auf meinen Mund. Diesmal aber sanfter.

Stöße. Schritte, Räderknirschen auf Kies, halblaute Stimmen. Alles geht ganz schnell. So kommt es mir wenigstens vor. Der Rücken tut mir weh, und allmählich wird mir ziemlich heiß, kein Wunder unter dem Sack. Ich reiße den Mund auf, um Luft zu holen. Was haben die vor? Uns aus dem Weg zu räumen? Uns wegen Clementine zu verhören? Ist der Wirt vom *La Calle* ihr Komplize? Ich zermartere mir das Hirn, aber vergebens. Seit wann sind wir unterwegs? Zwei Minuten? Eine Stunde?

Das Geräusch der Räder auf dem Untergrund verändert sich. Jetzt müssen wir über eine Wiese fahren. Das Rumpeln wird heftiger. Wir wechseln die Richtung, einmal, noch einmal. Wir werden schneller, wir werden langsamer. Stille. Nur keuchende Atemgeräusche sind zu hören. Unsere Entführer sind außer Puste. Man umklammert mich erneut. Vier Arme. Man bringt mich weg. Niemand sagt ein Wort. Eine Tür öffnet sich, dann schließt sie sich wieder. Man legt mich auf eine Matratze. Dann nichts mehr.

Aber ich weiß, dass meine Entführer noch in der Nähe sind. Ich spüre es, erahne ihre Anwesenheit, ihren Atem. Wieder Schritte. Man hebt mich hoch, löst die Fesseln an Armen und Beinen. Der Sack wird abgenommen.

Dämmerlicht. Ich bin in einem Wohnzimmer, die Vorhänge sind geschlossen. Alaska sitzt neben mir. Fünf Personen schauen uns an. Drei Männer und zwei Frauen. Die Männer und eine Frau sind ziemlich jung, um die dreißig vielleicht. Die andere, die alte … ihre Augen. Blau.

»Hallo, Brüderchen«, sagt sie zu mir.

»Cl… Clementine?«

»Volltreffer!«

Ich stehe auf, gehe zu ihr hinüber, aber ich wage nicht, sie zu berühren. Meine Schwester. Das ist sie, ohne jeden Zweifel, trotz der Zeichen der Zeit, die sich in ihr Gesicht eingegraben haben. Sie ahnt, wie ich mich fühle: »Hey, du wirst jetzt doch nicht auf *Bitte melde dich* machen?«

»Gibt's die Sendung immer noch?«

»Puh, diesen Schrott gibt's schon lange nicht mehr. Außerdem habe ich keinen Fernseher.«

»Das wundert mich nicht. Immer noch damit beschäftigt, die Welt zu retten …«

»Wir versuchen, das Schlimmste zu verhindern, genau. Zum Glück gibt es eine neue Generation von Naturschützern, die unsere Arbeit weiterführt.«

Mit dem Kinn zeigt sie auf Alaska, die wie versteinert auf ihr Idol starrt.

»Aha. Täusche ich mich, oder war dir für dieses Treffen jedes Mittel recht: Entführung, Freiheitsberaubung …?«

»Du hast recht, Brüderchen. Ich gebe zu, das hätte man auch undramatischer machen können. Ich denke, ich bin dir ein bis drei Erklärungen schuldig.«

»Scheint mir auch so.«

Ich traue mich nicht, ihr zu sagen, dass sie mich nicht Brüderchen nennen soll.

Ihre Handlanger haben uns allein gelassen. Aber sie sind nicht weit, da bin ich sicher. Clementine hat uns eine Art Kräutertee gemacht, mit Kräutern aus ihrem Garten. Ich fürchte das Schlimmste, traue mich aber nicht, nach einer Cola zu fragen. Schließlich riecht das Gebräu gar nicht so schlecht. Recht würzig sogar, mit Zimt, glaube ich. Alaska und ich haben es uns in durchgesessenen, aber gemütlichen Sesseln bequem gemacht und warten gespannt auf das, was meine kleine »große Schwester« über die letzten fünfundfünfzig Jahre so zu erzählen hat. In einem Krimi wäre jetzt die Zeit der Auflösung des Falles, der entscheidende Moment, in dem Miss Marple alle zusammenruft und den Mörder entlarvt. Aber hier liegt die Sache anders: Wir sind schon ganz gut informiert. Schließlich führt Clementine ihren Kampf seit fast sechzig Jahren.

»Womit fange ich nur an?«, fragt sie mich.

»Am besten mit dem Zettel und den übrigen Hinweisen. Wie konntest du wissen, dass ich in … deiner Zukunft auftauchen würde?«

»Wladimir hat es mir gesagt. Und er hat auch das Jahr genannt: 2035.«

»Das war auch mein ursprünglicher Plan. Wann hat er dir davon erzählt?«

»Hör mal, Brüderchen, ich möchte dir zwar gerne alles erklären, aber dir auch nicht alles erzählen, was du noch erleben wirst. Ich denke … das wäre nicht gut. Also, ich habe damit gerechnet, dass du 2035 auftauchst, und da meine Situation in dieser Zeit … sagen wir, schwierig zu werden begann, habe ich dieses Nachrichtensystem erfunden. Ich musste mich verstecken …«

»Vor Xenon.«

»Ja. Allerdings ahnte ich nicht, dass du erst dreißig Jahre später kommen würdest.«

»Ähm, ja … eine kleine Konzentrationsschwäche meinerseits bei Antritt der Reise, könnte man sagen.«

Clementine schüttelt langsam den Kopf.

»Ohne diese kleine Konzentrationsschwäche hätten wir uns dreißig Jahre zwecklosen Kampf ersparen können …«

»Was? Nur wegen mir?«

»In gewisser Hinsicht schon.«

»Aber was habe ich damit zu tun? Sie suchen nach dir. Um dich auszuschalten und PANDA ein für alle Mal unschädlich zu machen.«

»PANDA ist jetzt außer Gefahr. Die Führung haben andere übernommen, auch sie leben im Untergrund. Unsere Organisation ist inzwischen so strukturiert, dass sie auch dann funktioniert, wenn einer der Führer ausfällt.«

»Aber trotzdem ist Xenon immer noch hinter dir her.«

»Ich weiß, aber das hat nichts mit PANDA zu tun, zumindest nicht direkt.«

»Verstehe ich nicht!«

Clementine seufzt und trinkt einen Schluck Tee, ohne mich aus den Augen zu lassen. Alaska schweigt. Sie hört zu und beobachtet uns. Meine Schwester spricht weiter: »Ist euch nicht aufgefallen, dass Xenon trotz aller Vorsichtsmaßnahmen immer über jeden eurer Schritte informiert ist, euch manchmal sogar einen Schritt voraus war?«

»Stimmt! Dabei haben wir die Kleidung komplett gewechselt. Peilsender scheiden also aus. Und mit dem Heißluftballon hätten wir sie eigentlich abhängen müssen …«

»Ach was! Es gibt heute weitaus raffiniertere Observationsmethoden, aber so gehen sie nicht vor. Als der Wirt vom *La Calle* den Namen *Apfelblüte* auf die Rückseite des Fotos geschrieben hat, wussten sie sofort Bescheid. Und ich kann euch garantieren, dass dabei weder ein Mikro noch eine Kamera eine Rolle gespielt hat.«

»Was denn sonst? Ein Verräter?«

Automatisch drehe ich mich zu Alaska um. Sie ist die Einzige, die über alles informiert war und mich seit meiner Ankunft in der versunkenen Stadt begleitet hat. Und die ich vorher noch nie gesehen hatte. Aber Alaska kann es nicht sein, niemals.

»Ein Verräter?«, wiederholt Clementine. »In gewisser Weise schon. Aber … unfreiwillig. Teilweise zumindest.«

»Jetzt eiere doch nicht so rum! Wenn du eine Erklärung für das alles hast, raus damit!«

»Euch wird doch inzwischen klar sein, dass wir eine falsche Fährte gelegt haben, um den Verräter zu täuschen und die Verfolger abzuhängen. Aber das war zu durchsichtig. Deshalb haben wir euch entführt, einen Sack übergestülpt und …«

»Genialer Plan und so was von logisch: Je mehr du zu erklären versuchst, desto weniger verstehe ich.«

»Du weißt nicht, wo wir sind, oder?«

»Nun … ja.«

»In dem Moment, wo ich es dir verrate, stehen die Leute von Xenon auf der Matte.«

»Du … du willst damit sagen, dass sie MEINE Gedanken lesen?«

»Ja, so funktioniert es. Jedenfalls so ähnlich.«

Ich kenne meine Schwester gut genug, um zu wissen, dass das noch nicht alles war.

»Könntest du bitte etwas präziser werden?«

Clementine antwortet nicht gleich. Sie sieht mich durchdringend an, als wolle sie in meinen Augen nach den richtigen Worten suchen. Befürchtet sie, dass ich die Wahrheit nicht ertragen würde?

»Du bist gekommen, um herauszufinden, was aus dir geworden ist, oder?«

»Woher weißt du das?«

»Ich weiß es eben, woher spielt keine Rolle.«

»Das … ja, genau deswegen bin ich hier.«

Plötzlich taucht ein schrecklicher Verdacht in meinem Hirn auf, eine verwirrende Idee, die ich schon im Unterbewusstsein mit aller Kraft von mir weise, denn sie ist absurd, absolut unerträglich.

»Du meinst, dass … ich zu Xenon gehöre, oder?«

Sie nickt, dabei blickt sie mir weiter intensiv in die Augen, als wolle sie mich ermuntern, weiter zu fragen.

»Ich … ich bin …?«

»… der Boss, ja.«

Mechanisch greife ich nach dem kleinen Löffel und rühre in meinem Tee. Das Klirren des Metalls gegen das Porzellan ist das einzige Geräusch im Raum. Alaska reckt sich und scheint etwas von mir abzurücken. Der Chef von Xenon, ich. Unvorstellbar.

»Das kann nicht sein«, bricht es aus mir heraus. Ich klammere mich an diese Worte, als könnten sie mich vor dem Unabwendbaren schützen.

»Doch, es kann. Warum wohl wusste Xenon jederzeit über den Stand der Dinge Bescheid? Der Chef musste einfach nur auf sein Gedächtnis zurückgreifen.«

»Aber … aber …«

Mir fehlen die Worte, ich schnappe nach Luft. Ich bin aus dem Jahre 2010 bis hierher gereist, um herauszufinden, was aus mir geworden ist, ob ein netter Typ oder ein Kotzbrocken. Und erfahre, dass ich der Chef einer skrupellosen Bande bin, im Dienste geldgieriger Geschäftemacher, die unseren Planeten zerstören. Wenn ich das richtig verstanden habe. Ein echtes Charakterschwein. Wie konnte es so weit kommen? Der schlimmste Feind meiner eigenen Schwester?

»Was ist passiert… dass ich so geworden bin?«

»Eine Katastrophe.«

Clementine macht eine kleine Pause und sucht nach den richtigen Worten. Sie sieht uns nacheinander an und fährt fort: »Ich weiß nicht, ob ich in der Vergangenheit oder in der Zukunft erzählen soll.«

»Wie meinst du das?«

»Was ich erzählen werde, ist meine Vergangenheit, aber deine Zukunft. Ich fange einfach an: Du bist verheiratet.«

»Seit wann?«

»Das wirst du eines Tages erfahren. Ich will nicht alles verraten. Außerdem … auch egal. Es war eine junge Frau, nach der du völlig verrückt warst, und ihr seid sehr glücklich gewesen. Ich mochte sie. Wir hatten die gleichen Ansichten über unseren Planeten und den Schutz der Umwelt. Und sie hat sich PANDA angeschlossen.«

»Du hast sie angeworben.«

»Das war nicht nötig, sie war eine erwachsene Frau, gut informiert und verantwortungsbewusst. Ihr war klar, in welche Richtung sich die Welt entwickelte. Am Anfang waren es friedliche Proteste, aber nach und nach wurden unsere Aktionen radikaler. Wir haben mit eigenen Augen gesehen, wie gewissenlose Unternehmer die Ressourcen der Erde brutal ausbeuteten, ihre giftigen Abfälle hemmungslos entsorgten, ohne Rücksicht auf die Zukunft der Menschheit, und das alles nur aus einem Grund: Geld. Wir entschlossen uns, aktiven Widerstand zu leisten und ihre Fabriken zu sabotieren.«

Bei ihren Worten kommen mir Melanies Worte und die Dokumente im Archiv von Saint-Port in den Sinn.

»Während einer dieser Aktionen – wir wollten einen Pestizid-Tank in die Luft sprengen, der ein ganzes Tal vergiftete – wurde deine Frau von einer unserer Bomben getötet. Der Zündmechanismus war falsch eingestellt. Ein tragischer Unfall …«

Clementine spricht von einem Ereignis, das für mich noch gar nicht passiert ist, und doch spüre ich, wie sich mein Magen verkrampft. »Wer mit dem Feuer spielt, muss damit rechnen, dass er sich die Finger verbrennt«, sagt mein Vater manchmal. Er mag solche Sprichwörter. Wie schrecklich wahr sie sein können, begreife ich erst jetzt. Und ich bin wütend auf PANDA wegen etwas, das noch gar nicht passiert ist.

»Als du das erfahren hast, bist du fast verrückt geworden. Und Stück für Stück hat sich deine Trauer in Wut und dann in Hass verwandelt. Für dich war PANDA und damit letztendlich ich selbst verantwortlich für den Tod deiner Frau.«

»Womit ich nicht ganz unrecht hatte, oder?«

Clementine fährt ungeachtet fort: »Ich habe dir immer wieder gesagt, dass sie wusste, was sie tat. Dass sie nach ihren Idealen handelte, die Risiken kannte, aber du wolltest das nicht hören. Du hast dein Urteil gefällt: PANDA schadet mehr als es nutzt. Und beschlossen, die Organisation zu bekämpfen. Und dann … warst du monatelang verschwunden und ich habe den Kontakt zu dir verloren. Und dann …«

»Den Rest kann ich mir selbst zusammenreimen.«

»… hörte ich von Freunden, dass du dich Xenon angeschlossen hattest. Deine Tatkraft und dein fanatischer Hass haben im Laufe der Jahre dazu geführt, dass du in der Hierarchie immer weiter nach oben geklettert bist, bis du schließlich an der Spitze warst.«

Ich schüttele den Kopf. Jetzt weiß ich Bescheid. Und ich weiß auch, warum ich der Böse in der Geschichte geworden bin. Aus Liebe. Irgendwie beruhigt mich das ein bisschen. Aber nur ein kleines bisschen. Ich stehe auf und gehe durchs Zimmer. Kann ich noch etwas daran ändern? Vielleicht. Dank der Zeitschleuse in Wladimirs Keller habe ich die fantastische Möglichkeit, den Gang der Geschichte zu verändern. Und wenn es nur meine eigene Geschichte ist. Um nicht als Versager zu enden, um Clementine ein Leben als Gejagte zu ersparen … Ich gehe zum Fenster und strecke die Hand zum Vorhang aus.

»Besser nicht«, warnt mich Clementine.

Richtig, das hatte ich vergessen. Wenn ich ins Freie blicke, könnte ich vielleicht erkennen, wo wir sind, und der siebzigjährige Emil wüsste Bescheid.

»Was machen wir jetzt?«

»Wir organisieren deine Rückkehr. Alles, was passiert ist, meine Nachrichten und dieses Treffen, hatten nur einen Grund: dich vorzuwarnen. Mit der Hoffnung, dass du nach deiner Rückkehr versuchst, den Lauf unseres Lebens zu verändern. Denn hier, in meinem Jetzt, wird mir der Kampf gegen Xenon leichterfallen, wenn ich weiß, dass der Kopf der Verbrecherbande ein Fremder ist und nicht mein eigener Bruder.«

»Wenn ich richtig verstanden habe, möchtest du, dass ich ins Jahr 2010 zurückkehre und später meiner Frau verbiete, an deiner Seite zu kämpfen? Dass sie die Finger von Sprengstoff lassen soll? Das wird schwierig werden.«

»Du hast mich nicht richtig verstanden, du sollst sie gar nicht erst heiraten.«

Sie sagt das in einem so bestimmenden Ton, als ob sie bereits über alle anderen Alternativen nachgedacht und sie sämtlich verworfen hätte.

»Schön und gut«, antworte ich, »aber ich habe nicht vor, Mönch zu werden und ein enthaltsames Leben zu führen. Soll ich etwa allen meinen potenziellen Freundinnen sagen: ›Sorry, Schatz, aber du wirst mit meiner Schwester gemeinsame Sache machen und dabei draufgehen‹? Da erwarte ich mehr vom Leben.«

»Es genügt, wenn du es dieser einen sagst.«

»Dieser einen?«

»Derjenigen, die ich als deine Frau kenne.«

»Und wer ist die … Glückliche?«

Clementine wendet sich sehr langsam zur Seite und sagt dann fast widerstrebend: »Alaska.«

Und ein zweites Mal stürzt der Himmel über mir zusammen. Rumms.

Rückkehr in die Gegenwart

Wir sitzen schon seit zwanzig Minuten im Auto, niemand sagt ein Wort. Es ist heiß. Besonders für mich, der auch dieses Mal wieder mit einem Sack über dem Kopf unterwegs sein darf. Eigentlich würde mich das gar nicht stören, wenn nur die Hitze nicht wäre. Der Sack ist wie eine Schutzhülle und schirmt mich ab von dieser Zeit und von denen, die dort leben. Ich kann nachdenken. Oder es zumindest versuchen.

Clementine hat schon recht, wenn sie sagt, dass es nicht gut ist, seine Zukunft zu kennen. Stimmt, ich finde Alaska hübsch, ja, ich möchte gerne mit ihr unterwegs sein, von einem Zug in einen Heißluftballon umsteigen und Rätsel lösen. Ja, ja und noch mal ja. Aber wenn ich mir die Frage nach dem Morgen, dem »Danach« stelle, sind meine Gedanken blockiert. Jetzt heißt es, Abschied nehmen. »Hasta la vista, baby!« – »Jeder in seiner Zeit, und das Leben geht weiter!« Doch die Worte meiner Schwester lasten schwer auf mir, und ich versuche zu verstehen, wie das alles passieren konnte. Ich stelle mir vor, dass Alaska auf irgendeine Weise ins Jahr 2010 gelangt wäre, vielleicht sogar zusammen mit mir. Oder irgendwann danach, wenn sie die Zeitschleuse entdeckt hätte. Jahre später, ohne dass wir uns der Risiken bewusst gewesen wären, hätten wir geheiratet und das Drama hätte seinen Lauf genommen, genau so, wie Clementine erzählt hat. Aber jetzt wird es nicht so kommen. Alaska bleibt in ihrer Zeit, und ich werde sie nicht heiraten. Ich mache mir klar, dass allein diese Entscheidung unsere Zukunft verändern wird. Es ist nicht leicht, darüber zu sprechen. Deshalb schweige ich lieber. Alaska geht es wohl ähnlich.

Wir haben in aller Heimlichkeit das Haus verlassen, und einer der Entführer hat sich ans Steuer gesetzt. Meine Schwester sitzt neben ihm, ich hinten. Mit Alaska.

»Können wir vielleicht …?«, fragt der Fahrer.

»Du hast recht.«

Plötzlich wird mir der Sack vom Kopf gezerrt. Das grelle Licht blendet mich. Aber ich kriege besser Luft. Die Landschaft um uns herum könnte überall und nirgends sein, kaum möglich, sie wiederzuerkennen.

»Geht's?«, fragt Clementine.

»Es geht«, antworte ich.

Für viele Worte ist keine Zeit. Wir haben ein gemeinsames Ziel: Ich muss so schnell wie möglich ins Jahr 2010 zurück, um die Zukunft zu verändern. Clementine hat mir versichert, dass mir in ihrer Gegenwart nichts passieren kann. Der siebzigjährige Emil kann mir jetzt und hier keinesfalls begegnen. Man kann eben nicht in zwei Zeiten gleichzeitig sein. Die Folgen einer solchen Raum-Zeit-Vermischung wären katastrophal. Ich habe keine Ahnung, woher sie das alles weiß, aber ich erinnere mich, dass ich über dieses Thema mal etwas gelesen habe. Verfasst von Typen, die meiner Meinung nach keine

Ahnung haben, worüber sie da schreiben. Aber in Wahrheit beruhigt mich das. Ich habe absolut keine Lust, mir selbst als altem Mann gegenüberzustehen, das würde ich kaum ertragen, da bin ich sicher.

Plötzlich wird das Auto langsamer. Clementine dreht sich zu mir um.

»Gut«, sagt sie, »ich bin froh, dich wiedergesehen zu haben, Brüderchen. Aber ab jetzt lebt jeder wieder sein eigenes Leben.«

Ich schüttele nur den Kopf, sprechen kann ich nicht. Wir sind in der dramatischen Szene im vierten Akt, wo Tante Evelyn, die Schwester meines Vaters, in Tränen ausbricht. Für sie ist bereits »Shaun das Schaf« eine Tragödie. Sie ist ja so was von sensibel, unsere Tante. Und ich muss sagen, dass ich gerade auch ganz schön nah am Wasser gebaut bin.

»Okay, Clementine. Ciao. Und … hast du eine Nachricht für dich? Ich meine, für …«

»Nein. Ich …«

Sie hält inne, denkt nach, zögert und sagt dann: »Nein. Wenn ich die Zeit zurückdrehen könnte, würde ich sicher ein paar Dinge anders machen, aber … lass mich meine eigenen Fehler machen. Das macht stark, solange es uns nicht verbittern lässt. Das nennt man Erfahrung.«

Wir steigen aus und umarmen uns. Wir wissen, dass wir uns nicht wiedersehen werden, so, wie wir jetzt sind. Clementine beugt sich ins Innere des Wagens: »Auf Wiedersehen, Alaska. Es tut mir leid, dass ich dieses Chaos in deine Lebensgeschichte gebracht habe. Aber ich denke, es ist auch zu deinem Vorteil …«

Dann wendet sie sich ab, geht auf einem zwischen dem hohen Gras kaum sichtbaren Pfad davon und verschwindet im Wald. Das war meine Schwester. Und das wird sie sein.

Das Auto fährt wieder los. Dieser Gestank: Es gelingt mir nicht, den Ekel vor dem Kraftstoff aus recyceltem Müll loszuwerden. Alaska neben mir ist eingeschlafen. Oder sie tut zumindest so. Für sie bin ich sowohl ihr größter Feind als auch ihr zukünftiger Ex-Ehemann-Witwer aus einer anderen Zeit. Schwere Kost für eine Fünfzehnjährige. Wir fahren weiter. Die Landschaft verändert sich. Ich bilde mir ein, Einzelheiten wiederzuerkennen. Dréanzé ist nicht mehr weit. Besser so. Ich will es schnell zu Ende bringen. Wir sind unterwegs …

Pedro, unser Fahrer, stoppt auf dem Parkplatz des Ökomuseums »Leben wie früher«. Unser Plan ist einfach: Wir spielen Vater, Sohn und Tochter, imitieren eine Familie bei einem Ausflug in die Vergangenheit, in die Zeit der Neandertaler aus dem Jahre 2010. In unserem pink-blauen und blau-pinken Outfit sehen wir zum Glück ganz harmlos aus. Pedro kauft die Eintrittskarten, während Alaska und ich uns etwas abseits halten. Unser letzter Auftritt hat wohl eher keinen so guten Eindruck hinterlassen, bestimmt sucht man noch nach uns. Ich beobachte die Umgebung. Es sind massenhaft Touristen unterwegs, Strohhüte auf dem Kopf und Trinkflaschen in der Hand, kein Wunder bei der mörderischen Nachmittagssonne. Es ist keine zwei Tage her, seit ich zuletzt hier war, aber ich könnte schwören, dass es Monate waren.

»So, da sind wir wieder«, sage ich verlegen und starre auf meine Schuhe.

»Ja, genau«, antwortet Alaska, wahrscheinlich geht es ihr ähnlich.

Seit unserer Abfahrt aus Blainville haben wir kaum miteinander gesprochen.

»Zeit, sich zu verabschieden.«

»Ja«, sagt sie, »oder besser Lebewohl zu sagen. Wie bei deiner Schwester vorhin. Fehlen nur der Sonnenuntergang und die Geigen, dann wird's richtig kitschig.«

»Alaska, die Sache mit meiner Schwester …«

»Schon gut, Helmut. Die Frau, die du eines Tages heiraten wirst, werde nicht ich sein.«

»Und trotzdem wird es keine andere Alaska geben.«

»Das ist nett.«

»Nett? Ganz und gar nicht.«

Meine Kehle wird plötzlich eng, und ich schweige lieber, als meine Stimme krächzen zu hören. Es war niemals Thema, dass Alaska mich ins Jahr 2010 begleitet, und noch weniger, dass wir eine gemeinsame Zukunft haben würden. Ich sollte doch eigentlich erleichtert sein, dass sich all die schrecklichen Ereignisse, die mir Clementine ausgemalt hat, jetzt nicht abspielen werden. Aber in diesem Moment wird mir bewusst, wie sehr ich mich an ihre jadegrünen Augen gewöhnt habe.

Pedro kommt zurück und hält uns die Eintrittskarten hin. Außerdem hat er drei Hüte mit breiten Krempen gekauft, die an Sombreros erinnern, sehr nützlich, um unsere Gesichter zu beschatten und unerkannt zu bleiben. Wir betreten den Freizeitpark.

Die Verhaltensregeln sind streng. Wir werden gebeten, die

Gruppe nicht zu verlassen, der wir zugeteilt sind, und uns nicht von der grauen Linie auf dem Bürgersteig zu entfernen. Ein Führer an der Spitze der Gruppe erklärt, wie rückständig die Menschen im Jahr 2010 waren, dass sie Ressourcen verschwendeten, ihre Häuser schlecht isolierten und sehr häufig in eigenen Autos unterwegs waren. Diese letzte Bemerkung sorgt bei den Besuchern für amüsierte Kommentare, ebenso wie die Tatsache, dass die Autos damals mit Benzinmotoren fuhren. Hach, wie exotisch. Ich verkneife mir eine Bemerkung über ihre Autos, die mit stinkendem Müll angetrieben werden. Eines aber stimmt: Es gibt kaum noch welche. Wir kommen an Gemüsebeeten vorbei, wo jämmerliche Pflanzen in der Erde verdorren, von der Sonne verbrannt. Alaska zieht automatisch den Kopf ein und hofft, dass ihre Raubzüge keine sichtbaren Spuren hinterlassen haben. Der Rundgang führt auch an einer ehemaligen Bäckerei vorbei, die jetzt ein Delikatessengeschäft ist, und der Führer erklärt ausführlich, was eine Metzgerei und ein Obst- und Gemüseladen sind, Gewerbe, die es augenscheinlich nicht mehr gibt.

Natürlich höre ich nur mit halbem Ohr zu. Ich warte darauf, dass wir endlich nah genug an Wladimirs Haus vorbeikommen, damit ich durch den Zeittunnel wieder nach Hause zurückkehren kann. Das Problem ist nur, dass genau hinter uns zwei Wachmänner die Gruppe begleiten wie Schäferhunde, die ihre Herde zusammenhalten sollen. Wie soll ich ihrem scharfen Blick entkommen?

Da bietet sich eine Gelegenheit …

»Und jetzt, meine Damen und Herren, werden wir eines der wenigen Wohnhäuser besichtigen, die der Öffentlichkeit zugänglich sind. Ich bitte Sie, die Regeln genau zu beachten und nichts anzufassen. Die ausgestellten Objekte sind alles Originale, echte Raritäten und von unschätzbarem Wert.«

Wir betreten das Haus von Mathilde, die Hinter-Nachbarin, wie mein Großvater immer sagt, deren Gemüsegarten unmittelbar an die Rückseite seines Grundstücks grenzt. Im Inneren ist es pingelig sauber, sehr ungewöhnlich für Mathilde. Bei ihr herrschte immer eine gemütliche Unordnung. Aber hier und heute, Fehlanzeige. Alles ist blitzblank, streng geordnet, einfach perfekt, aber ohne Leben. Die Gruppe teilt sich in die verschiedenen Zimmer auf, einige gehen in den ersten Stock, Pedro allen voran. Bevor er die Stufen hochgeht, zwinkert er mir heimlich zu. Unser Zeichen.

Während der Führer genau erklärt, wie die Menschen damals gelebt haben, lasse ich mich mit Alaska zurückfallen und suche nach einer Möglichkeit, unauffällig zu verschwinden, aber die Wachmänner bleiben uns auf den Fersen. Keine Chance. Einen Moment lang überlege ich, ob ich einfach abhauen soll. Ich könnte durch den Garten rennen, über den Zaun springen, der wirklich nicht hoch ist, mich dann in Wladimirs Haus flüchten und darauf hoffen, dass die Tür offen ist … Im schlimmsten Fall müsste ich eine Fensterscheibe einschlagen, drei Schritte, dann die Treppe runter in den Keller und hopp! Auf Wiedersehen, meine Damen und Herren. Aber wenn ich mich für diese Lösung entscheide, besteht die Gefahr, dass man mich verfolgt und die Zeitschleuse entdeckt. Und wer weiß, vielleicht würde manch einer gerne Versuchskaninchen spielen? Wladimir hatte mich gewarnt, ich sollte vorsichtig sein. Auf keinen Fall will ich ihnen die Chance geben, sich in der Vergangenheit zu tummeln und womöglich Ludwig XIV. zu entthronen, Bismarck die Pickelhaube vom Kopf zu reißen oder einem Pharao eine Maschinenpistole in die Hand zu drücken. All das würde die Geschichte neu schreiben, das Jahr 2010 bedrohen, ja vielleicht sogar komplett auslöschen. Also Achtung, bloß keinen Fehler machen.

Ich bin noch in Gedanken versunken, als aus dem ersten Stock scheppernde Geräusche zu hören sind. Geschirr zerbricht, Glas splittert, Möbel stürzen um. Die Wachmänner stürzen nach oben. Schätze von nationalem Rang sind in Gefahr. Mitten im Tohuwabohu mache ich Pedros Stimme aus, der es mit seinem südamerikanischen Akzent etwas übertreibt: »Yo traurig, yo slecht worden.«

Um ihn herum aufgeregtes Stimmengewirr. Er muss Mathildes Geschirr zerdeppert haben, das potthässliche Service mit den kitschigen Motiven von Schäfern und adligen Damen.

»Jetzt«, flüstert mir Alaska zu.

Während sich die Leute nach vorne drängen, um das Ausmaß der Schäden zu begutachten, zieht sie mich in das kleine Wohnzimmer. Von hier in den Garten und dann in Wladimirs Haus zu gelangen ist ein Kinderspiel. Wir öffnen die Terrassentür und schleichen uns hinaus auf den Rasen. Niemand achtet auf uns. Nach wenigen Schritten der Zaun. Höher, als ich gedacht hatte. Ich springe, mein Fuß bleibt im Efeugestrüpp hängen, aber ich komme drüber und lande im Salatbeet. Alaska folgt mir.

»Alles klar?«, flüstert sie.

»Was machst du denn?«

»Sieht man das nicht? Ich begleite dich.«

»Ich dachte, wir wären uns einig: Du wirst mich auf keinen Fall ins Jahr 2010 begleiten.«

»Ruhig Blut, Knut! Ich will nur sichergehen, dass du im letzten Moment nicht doch noch erwischt wirst.«

»Also verabschieden wir uns jetzt?«

»Wenn du willst.«

Es gab sicher schon romantischere Abschiede als diesen, zwei Jugendliche auf der Flucht hinter einem Busch kauernd. Aber das Hauptproblem ist, dass ich keine Worte finde. Wir kennen uns erst seit zwei Tagen und doch habe ich den Eindruck, dass Alaska zu meinem Leben gehört ... für immer. Dass sie mir wahnsinnig fehlen wird, wäre untertrieben.

»Ich hätte gerne ...«

»Was?«, fragt sie und neigt den Kopf ein wenig zur Seite, entschlossen, es mir nicht einfach zu machen.

»... mehr Zeit gehabt.«

»Warum?«

»Einfach so. Mit dir durch die Gegend streifen. Sich besser kennenlernen ...«

»Das hätte mir auch gefallen.«

Ihre Stimme ist nur noch ein Flüstern, aber diese Worte treffen mich wie ein Faustschlag in den Magen. Ich bin glücklich und traurig zugleich. Die Zeit ist abgelaufen.

In Mathildes Haus erreicht das Chaos seinen Höhepunkt. Pedro steckt offensichtlich in Schwierigkeiten.

»Ich muss zu ihm«, sagt Alaska. »Ich fürchte, das wird noch eine ganz heiße Kiste, hier wieder heil rauszukommen. Ich hoffe nur, dass mich nicht wieder jemand anrempelt und mich Monique nennt.«

»Da besteht dieses Mal wohl keine Gefahr.«

Sie richtet sich auf, wirft einen Blick auf den Zaun hinter sich, bereit für den Rückweg. Dann hält sie einen Moment inne, nimmt meine linke Hand und haucht einen unvergleichlich zarten Kuss darauf, ganz so, als würde glatte Seide über meine Haut streichen.

»Geh«, sagt sie, »jetzt.«

Und ich renne los. Ohne weiter nachzudenken. Um es hinter mir zu haben. Ich durchquere Wladimirs Gemüsegarten, öffne die Terrassentür und betrete das Haus, das ich so gut kenne. Das Wohnzimmer. Absolute Stille. Bis hierher läuft alles wie geplant. Ich passiere die Absperrung, die die Besucherströme leiten soll, gehe in die Küche, dann die Treppe hinunter in den Keller. Endlich. Endlich kann ich wieder in meine Zeit zurückkehren. Was war das? Ein leises Geräusch dringt an mein Ohr. Es klingt wie ein Knistern. Ich bleibe stehen und lausche. Ist man mir gefolgt? Wartet hier jemand auf mich? Das Geräusch wird deutlicher, ein Atemgeräusch, da vor mir, in der Kellerecke.

Eine schattenhafte Gestalt löst sich vom Kartonstapel. Ziemlich groß, eine hoch aufragende Silhouette, doch der Unbekannte bleibt bewusst im Dunkeln. Er hat Angst, ganz sicher. Und ich noch mehr. Seit meiner Ankunft im Jahr 2065 habe ich mich vor diesem Moment gefürchtet und darauf gehofft, dass er nie eintreten würde. Vielleicht war er unvermeidbar? Ich schlucke schwer, mein Magen verknotet sich zu einer großen Acht, und meine Beine zittern und werden schwach wie zwei geknickte Streichhölzer. Aber ich stelle mich der Situation.

»Alles Schwachsinn, was Clementine gesagt hat.«

»Was?«, frage ich. »Was ist Schwachsinn?«

»Dass wir uns nicht treffen können. Von Angesicht zu Angesicht. Es ist möglich.«

»Das ist der Beweis«, meine Stimme klingt eiskalt. Als wäre ich ganz ruhig und nicht starr vor Angst.

»Ja, das ist der Beweis.«

Draußen weht ein leichter Wind, der die Irisstauden vor dem Kellerfenster hin und her bewegt. Ein Staub geschwängerter Lichtstrahl schiebt sich zwischen uns und enthüllt ein scharfes Profil mit tiefen Falten, ein Gesicht, das mir nicht ganz unbekannt ist. Die Angst vor seiner Gegenwart beginnt allmählich zu schwinden.

»Du wolltest es wissen. Und jetzt weißt du es. Aber …«

Er hält einen Moment inne, bevor er weiterspricht.

»Vielleicht kannst du einen anderen Weg einschlagen. Vielleicht kann man das alles noch ändern …«

Mit einer ausladenden Geste zeigt er auf den Keller und meint damit praktisch auch die ganze Welt.

»Aber was mich betrifft: Ich bereue nichts. Ich hätte es nur vorgezogen, wenn die Dinge anders gelaufen wären.«

»Sie werden anders laufen«, sage ich.

Ich gehe auf die Öffnung in der Wand zu, ohne ihn anzusehen. Er könnte mir Tausende von Sachen verraten, mich warnen, mir Tipps für meine Zukunft liefern, aber wir wissen beide, dass ich das nicht will. Ich betrete das schwarze Loch, die Schleuse zwischen den Zeiten.

»Alaska«, haucht er in einem letzten Atemzug.

»Ja?«

»Du wirst sie vergessen, mach dir keine Sorgen.«

Ich antworte nicht. Das seidenweiche Gefühl auf meinem linken Handrücken bestätigt mir, dass er sich täuscht. Oder dass er lügt. Ich konzentriere mich auf meine Zeit. Auf das Datum meiner Abreise, auf die genaue Uhrzeit. Nur daran denken, mit aller Kraft. Und auf einmal spüre ich, dass mich etwas einatmet und an mir zieht. Alles wirbelt durcheinander, und doch gibt es einen roten Faden, der alles zusammenhält. Ich kehre zurück. Ich kehre zurück. Lebewohl, Alaska.

Mist! Ich habe die Sache mit den Lottozahlen vergessen.

Wenn die Zukunft existiert ...

Es war schwierig. Sehr schwierig. Sich die rechte Hand zu waschen, ohne die linke zu benutzen. Seit drei Tagen praktizierte ich dieses Kunststück, aber das Resultat war nicht wirklich überzeugend. Ungefähr bei der Hälfte der Versuche fiel die Seife auf den Boden, und richtig sauber waren meine Hände nicht.

»Hast du dich verletzt?«

Meine Mutter stand hinter mir im Bad.

»Nein, warum?«

»Seit du von deinem Großvater zurück bist, vermeidest du, die linke Hand mit Wasser in Berührung zu bringen.«

Ihr fiel so was immer auf, aber ich konnte unmöglich zugeben, dass ich diese unsichtbare Spur, diesen flüchtigen Kuss, den letzten Kontakt mit Alaska, so lange wie möglich bewahren wollte. Ich wusste natürlich, dass ich die endgültige Trennung nur hinausschieben konnte und irgendwann Wasser und Seife meine Erinnerung ein für allemal wegspülen würden. Aber ich wollte dieses letzte Andenken an meinen Ausflug in die Zukunft verteidigen, solange es irgend möglich war.

Die Rückkehr in mein altes Leben war gar nicht so einfach. Seit meiner Zeitreise war ich ziemlich schweigsam, eine Vorsichtsmaßnahme, um ja keinen Fehler zu machen. Auf keinen Fall durfte ich mich verplappern und niemandem aus Versehen etwas über seine Zukunft erzählen. Wladimir war einfach großartig, wie immer eben. Er hatte mein Schweigen akzeptiert, als ich das restliche Wochenende bei ihm war. Aber ich wusste, dass er Clementine eines Tages von meiner Stippvisite erzählen würde. Den Grund würde ich erst später erfahren. Hinter meiner ruhigen Fassade rasten die Gedanken. Aber wenn man von einer solchen Reise zurückkommt, ist eben nichts mehr so wie zuvor: Soll ich so tun, als ob nichts gewesen wäre, oder muss ich nicht doch aktiv werden und irgendwas ändern? Wie auch immer. Aber wo anfangen? Bei mir, ganz im Kleinen? Aber könnte ich damit verhindern, dass sich unser Planet in einen Backofen verwandelt?

»Im stillen Kämmerlein, jeder für sich allein, bringt nicht viel«, hatte Clementine geantwortet, als ich sie das mal fragte, »wir haben nur zusammen eine Chance: Gemeinsam bewegt man was.«

»Und wie soll das gehen?«

»Keine Ahnung, vielleicht mit Fachleuten zusammenarbeiten, eine Organisation gründen und die Ärmel hochkrempeln. Ich denke ernsthaft darüber nach, weißt du …«

PANDA war schon dabei, in ihrem Kopf Gestalt anzunehmen, aber ich konnte ihr noch nicht erzählen, was auf sie wartete. Also ging ich in mein Zimmer zurück. Draußen war es warm. Ein mildes Klima, das Alaska nie kennenlernen würde. Vielleicht war das ja meine Aufgabe: etwas zu tun, damit dieses Mädchen, das ich niemals wiedersehen würde, in einer Welt leben könnte, in der man sich wohlfühlen kann. Nicht so brutal heiß, wie ich es erlebt habe. Dass sie durch die Straßen von Saint-Port spazieren könnte, ohne Tauchermaske, Sauerstoffflasche und Schwimmflossen. Dass sie Kälte und Schnee erleben, frisches Gemüse und Obst genießen könnte … Ich klammerte mich an diese Idee: die Zukunft verändern. Bis zu dem Moment, als ich begriffen habe, dass Clementine diese Zukunft schon verändert hat, als sie mir bei meinem Besuch im Jahr 2065 dringend geraten hat, Alaska nicht zu heiraten. Ob ich will oder nicht, ich muss der Realität ins Auge sehen: Alaska wird nicht zu meinem zukünftigen Leben gehören. Ein Leben ohne ihre braunen Haare und die freche Stupsnase, ohne ihre vollen Lippen und ohne ihre jadegrünen Augen, die mir schon jetzt fehlten.

Am folgenden Wochenende fuhr ich wieder zu Wladimir. Er war zweifelsfrei der Einzige, mit dem ich meine Geschichte teilen konnte. Und wir hatten noch etwas gemeinsam: Unsere Herzen schlugen für jemanden, der in einer anderen Zeit lebte.

Wladimir empfing mich mit seinem üblichen Spruch:

»Kommst du dein Erbe bewachen?«

»Genau. Ich bin sicher, dass du sonst alles zu Spottpreisen verhökern wirst.«

»Eine sehr gute Idee.«

Er hielt mir mit angeekeltem Gesicht eine Dose Cola hin und goss sich ein Glas Rotwein ein.

»Die Reise?«, fragte er.

Ich nickte.

»Hat mich verändert, glaube ich.«

»Eine Erfahrung. Manchmal nützlich, wenigstens ein bisschen Bescheid zu wissen.«

»Genau das quält mich. Wenn ich mich verändert habe, dann verändert sich damit die Zukunft schon jetzt. Je mehr ich danach handele, was ich erfahren habe, desto stärker verändert sich auch die Zukunft. Sonst hätte das alles nichts gebracht.«

»Du trinkst zu viel von diesem Teufelszeug«, meinte Wladimir und klopfte an die Coladose, »das zerfrisst das Gehirn.«

Ich bemerkte seine Ironie gar nicht und erzählte weiter, bis zu dem Punkt, der mir wirklich Sorgen machte. Wenn ich ihn mit meinen Überlegungen aus der Reserve zu locken versuchte, dann nicht, damit er mir eine Vorlesung über die Relativitätstheorie und das Raum-Zeit-Kontinuum hielt. Ich hoffte auf eine Erklärung, einen Beweis, dass Alaska im Jahre 2065 tatsächlich existierte.

»Ist es möglich, dass die Zukunft, die ich kennengelernt habe, schon gar nicht mehr existiert?«

»Die Zukunft existiert nicht, Emil. Schau dir dieses Weinglas an.«

Er leerte es in einem Zug und hielt es mit zwei Fingern über die Bodenfliesen.

»Wird dieses Glas in Zukunft ganz oder in tausend Stücke zersprungen sein? Werde ich die Finger öffnen oder es weiter festhalten? Ich weiß es nicht, niemand weiß es. Du siehst, die Zukunft existiert noch nicht. Sie wird so sein, wie ich es will. Es kommt darauf an, was du daraus machst.«

Nach dieser Lehrstunde stellte er das Glas wieder vorsichtig auf dem Tisch ab. Um meine Cleverness zu demonstrieren, deutete ich mit dem Kinn auf das Glas und sagte lächelnd: »Jetzt weiß ich Bescheid.«

Ohne mich aus den Augen zu lassen, kippte Wladimir mit einem plötzlichen Ruck den Tisch nach hinten, das Glas fiel auf den Boden und zerbrach.

»Nein, mein Junge, wie du siehst, weißt du es nicht.«

Wir brauchten zehn Minuten, um die Scherben zusammenzukehren. Manchmal sind Wladimirs Lektionen überraschend, aber man erinnert sich noch lange daran. Als ich den Besen wegstellte, dachte ich darüber nach, ob mein Großvater vielleicht recht hatte. Irgendwie entsteht die Zukunft andauernd neu, sie existiert noch nicht. Und wenn sie da ist, ist sie keine Zukunft mehr, sondern Gegenwart.

Und trotzdem.

Und trotzdem glaubte ich immer noch dieses Kribbeln auf meinem linken Handrücken zu spüren. Verbunden mit der leisen Hoffnung, dass irgendwo, fünfundfünfzig Jahre später, ein Mädchen mit jadegrünen Augen existieren würde. Dieses Mädchen, von dem ich wusste, dass ich es nur schwer aus dem Kopf bekommen würde.

Über den Autor:

Jean-Michel Payet, geboren 1955 in Paris, studierte Architektur u.a. an der École des Beaux-Arts in Paris. Heute arbeitet er nicht nur als Architekt und Stadtplaner, sondern auch als Autor und Illustrator von zahlreichen Kinder- und Jugendbüchern.

»Das ist eure Aufgabe: Findet heraus, ob es das Ungeheuer wirklich gibt!«

Richard Dübell
LAST SECRETS - DAS RÄTSEL VON LOCH NESS
Band 1
208 Seiten
mit zahlreichen Abbildungen
ISBN 978-3-8339-3925-9

Eigentlich sind Franziska und Fynn ganz normale 12-jährige Zwillinge. Doch sie haben ein Geheimnis, das sie nur mit ihren Freunden Lena und Cornelius teilen: Sie sind Nachfahren von Eugène Vidocq, dem ersten Detektiv der Welt! Nachts schleicht sein ruheloser Geist sich in ihre Träume und bittet sie um Hilfe: Die Kinder sollen die letzten großen Rätsel der Welt lösen! Ihre erste Aufgabe führt sie nach Schottland zum sagenumwobenen Loch Ness ...

Baumhaus

Frage nicht nach deiner Vergangenheit

Phillip Gwynne
DER CLAN - RENN
UM DEIN LEBEN!
Band 1
Aus dem australischen
Englisch von
Kai Kilian
272 Seiten
ISBN 978-3-414-82418-9

An seinem 15. Geburtstag ändert sich Dom Silvagnis Leben schlagartig. Der Clan, eine geheime und mächtige Organisation, richtet eine eindeutige Forderung an ihn: Dom muss sechs Aufgaben erfüllen oder bitter dafür bezahlen. Ehe er sich's versieht, steckt er mitten in seinem ersten Auftrag: Er muss den Zolt fangen, einen Einbrecher und Dieb, der die Polizei und die ganze Stadt an der Nase herumführt. Doch je tiefer Dom in den Fall eintaucht, desto weniger weiß er, wem er eigentlich trauen kann. Unterdessen verlangt der Clan seine Bezahlung ... jetzt!

Action wie im Kino: Dom Silvagnis erster Auftrag

Boje

Eine ungewöhnliche Freundschaft

James Bowen
BOB, DER STREUNER
Die Geschichte einer
außergewöhnlichen Katze
Aus dem Englischen
von Ursula Mensah
200 Seiten
mit zahlreichen
Abbildungen
ISBN 978-3-414-82392-2

Vollkommen verwahrlost hockt der getigerte Kater eines Abends vor James' Wohnungstür. Aus seinen großen grünen Augen blickt er ihm so traurig entgegen, dass James gar nicht anders kann, als ihn bei sich aufzunehmen. Er nennt den Kater Bob und päppelt ihn wieder auf. Dabei hat James es schon schwer genug – als Straßenmusiker reicht das Geld kaum für sein eigenes Abendessen. Als es dem struppigen Streuner besser geht, lässt James ihn wieder laufen. Doch Bob bleibt. Von nun an weicht er seinem Freund nicht mehr von der Seite. Jeden Tag begleitet er ihn zur Arbeit, stets auf seinem Lieblingsplatz, der rechten Schulter, und bringt James Glück.